이 책으로 새로운 삶을 살게 된 독자들의 찬사

이 책은 내 인생을 바꾸어놓았습니다. 수 년 동안 명상을 해왔지만 톨레의 생각은 놀라움 그 자체였습니다. 이제는 공원을 산책하며 듣게 되는 새 소리에도 감탄하게 됩니다. 다른 사람들을 진심으로 받아들이게 되고 나의 생각을 스스로 조절할 수 있게 된 것은 모두 이 책이 가져다준 변화입니다. 진정으로 자신의 내면을 만나길 원하는 이들에게 이 책을 강력하게 추천합니다.

—Sandra

지금 이 순간 더 능동적으로 살기를 원하는 사람들이 알아야 할 모든 것이 이 책 안에 있습니다. 일과 사람 때문에 걱정과 고통 속에 괴로워하던 순간, 이 책이 나에게 도움의 손길을 내밀었습니다. 지난날에는 미래에 대한 두려움 속에 살며 소중한 것을 많이 놓치고 있었지만, 지금은 평화로운 마음으로 긴장을 풀고 모든 것이 나름의 방식대로 진행되고 있다고 믿게 되었습니다. 모두 이 책에서 말하는 실천법을 따른 결과입니다. 이제 당신이 이 책으로 인생의 승자가 될 차례입니다.

—Kelli

이 책을 읽으면서 이전까지 무의미하게 느껴지던 것들이 의미 있게 되었고, 매일 마음이 속삭이는 거짓된 말 때문에 느끼던 혼란에서 벗어날 수 있었습니다. 어떤 판단도 필요하지 않고 자신과 하나가 되며, 사랑도 미움도 없이 지금 이 순간에 머무는 것이 자유라는 간단한 말을 그대로 받아들여보세요. 내 안에 갇혀 있던 사랑이 자유로워지며 내면의 깊은 상처가 치유되는 것을 느낄 수 있을 겁니다. 그것은 깨달음이라는 말로는 부족합니다.

—**Janelle Umbarger**

이 순간에 존재한다는 것이 진정으로 무엇을 의미하는지를 배우고 이해하도록 도움을 줄 뿐만 아니라, '이 순간'의 내가 가지고 있는 힘을 제대로 사용하는 법을 구체적으로 알려주는 책입니다. 이 책에서 말하는 '이 순간의 나'를 깨닫게 되면서 감정을 더 잘 조절하게 되었고, 행복을 위한 메커니즘을 스스로 찾아낼 수 있었습니다. 자신의 감정이나 자존감과 힘들게 싸우고 있는 사람이라면 이 책을 펼쳐보세요. 내가 그랬던 것처럼 당신의 일상도 변화할 것입니다.

—**Dee Jay Pee**

깊고도 뛰어난 책! 톨레의 사상의 정수이며 그의 생각의 본질이 담겨 있습니다. 만약 톨레의 다른 책을 읽으면서 궁금했던 점이 있다면 이 책을 읽어야 합니다. 더 강하고 깊이 있게 메시지를 전달할 뿐만 아니라 저자가 직접 선택한 문장과 실천법에 더 집중하게 만들어줍니다.

—**Steve D.**

또 하나의 고전이 탄생하다! 매일매일 그 순간에 집중하고 머무를 수 있도록 실용적인 조언을 전하는 놀라운 책입니다. 일상적인 말로 쉽고 명확하게 매 순간을 즐기고 미래와 과거에 대한 걱정에서 벗어나는 방법에 대해 이야기하고 있습니다. 우리가 할 수 있는 것은 그저 한 순간에 집중하고, 온전히 그 순간을 경험하는 것뿐입니다. 스트레스에서 벗어나고, 평온하지 못한 마음이 평화롭게 가라앉기를 원하는 사람에게 적극 추천합니다.

— **F. L. Massiah**

모든 사람들이 이 책을 읽을 필요가 있습니다. 이 책을 읽으면서 당신은 생각하는 '마음'에서 벗어나 생각하는 '가슴'으로 들어가게 되고, 고통과 번뇌를 안겨준 당신의 '에고'에서 해방되어 자유의 길로 들어서며, 평화와 기쁨이 가득한 삶을 맞게 될 겁니다. 이 책이 당신에게 행복을 가져다줄 수는 없겠지만, 내면의 평화를 안겨줄 겁니다. 선택은 당신에게 달려 있습니다. 분명한 것 한 가지는 이 책은 내 인생을 바꾸었다는 사실입니다.

— **aye Vander Veer**

이 책은 한 권의 책을 읽는 것 이상으로 나에게 최고의 시간을 가져다주었습니다. 나는 이제 더 이상 두려움 때문에 고통받지 않게 되었습니다. 이 작은 책은 나의 혼란스러운 인식 속에 지혜가 스며들게 했고, 톨레는 우리가 누구이며 어떻게 평화를 발견할 수 있는지 알려주었습니다. 그가 말하는 것은 특별한 것이 아닙니다. 그저 자신의 내면으로 침잠하는 방법을 가르칠 뿐입니다. 하지만 그것은 진리입니다. 시간이 날 때마다 이 책을 펼쳐서 읽다 보면 그 진리를 알게 될 것입니다.

— **ride**

에크하르트 톨레의
이 순간의 나

에크하르트 톨레의
이 순간의 나

에크하르트 톨레 지음 | 최린 옮김

Eckhart Tolle

샘시오

자유는

당신이 '생각하는 자'가 아니라는 걸 깨달을 때 시작됩니다.

생각하는 자를 관찰하기 시작하는 순간,

더 높은 수준의 의식이 깨어납니다.

그러면 당신은 생각 너머에

거대한 앎의 영역이 있다는 걸 깨닫게 됩니다.

생각은 그 앎의 영역에서
지극히 미미한 부분일 뿐입니다.
아름다움, 사랑, 창조력, 기쁨, 내면의 평화처럼
진실로 중요한 것들은
마음 너머에서 솟아난다는 걸 깨닫게 될 겁니다.
당신은 깨어나기 시작합니다.

지금 이 순간
모든 것이 시작됩니다

우연한 기회에 내가 경험했던 깨달음과 영적 체험에 대한 이야기를 몇몇 사람들과 나누기 시작한 이후, 나는 대중강연과 세미나, 개인 상담을 진행하며 많은 사람들을 만났습니다. 그들 중 상당수가 자신들이 겪고 있는 고통과 두려움, 불행의 원인 그리고 마음의 평화를 얻는 방법에 대해 나에게 물어왔습니다. "내 삶은 왜 이런 걸까요?" "내가 겪고 있는 고통의 원인은 무엇인가요?" "당신과 같은 마음의 평화를 얻는 방법은 무엇인가요?" 사람들이 던진 이런 질문은 나 역시 오랜 기간 동안 고통에 시달리며 매달려온 것들이었습니다.

사실 많은 이들이 수천 년 동안 인간을 고통의 굴레에 묶어두었던 집단적 의식에서 벗어나려 애써왔습니다. 그러나 지금처럼 전 인류가 준비가 되었던 적은 한 번도 없었습니다. 광기와도 같은 자아의 마음이 여전히 모든 곳에 영향력을 미치고 있지만, 이제 새로운 의식의 상태가 모습을 드러내고 있습니다. 지금 이 순간에도 우리의 내면에서는 고통이 고개를 쳐들고 있지만, 이 책을 통해 마음의 굴레에서 벗어난 자유로운 삶, 자신은 물론이고 다른 사람들에게도 고통을 주지 않는 삶의 가능성에 대해 이야기하려 합니다. 그 과정은 당신의 생각, 감정, 감각은 당신이 아님을 깨닫고 당신의 진정한 자아에 눈뜨는 것에서부터 시작될 것입니다.

다른 한편으로는 '지금 이 순간' 우리가 만들어낼 수 있는 놀라운 변화에 대해 이야기할 것입니다. 어떻게 하면 우리를 옭아매며 끊임없이 고통을 만들어내는 마음의 굴레에서 벗어날 수 있을까요? 어떻게 매일매일의 삶에서 선명한 깨달음의 상태를 유지할 수 있을까요? 이 질문에 대한 답은 바로 '지금 이 순간'에 있습니다. 이 책은 '지금 이 순간'에 온전히 집중함으로써 깨달음을 경험할 수 있는 방법을 제시하고 있습니다. 그것은 내면의 변화를 바라며 그것을 받아들일 준비가 된 이들에게 이정표이자 지침이 될 수 있을 것입니다. 또한 아직 새로운 변화를 받아들일 준비가 되지 않은 이들에게는 변화의 씨앗을 던져줄 것입니다.

처음으로 나의 경험과 영적 수행의 방법을 소개했던 《지금 이 순간을 살아라》는 기대 이상으로 많은 사랑을 받았고, 많은 사람들의 삶을 변화시켰습니다. 그 이후 많은 사람들이 일상에서 실천할 수 있는 수행법을 알려달라는 메일을 보내왔습니다. 이 책은 그 독자들에게 보내는 답장이기도 합니다. 그러나 이 책은 실행과 연습만을 위한 것이 아닙니다. 앞의 책에서 소개한 생각과 개념들을 이해하기 쉽게 정리하여 독자들에게 상기시킬 뿐 아니라, 그것을 일상생활 속에서 실행에 옮길 수 있는 실천적 메시지를 담고 있습니다.

또한 이 책에는 명상적 독서를 위한 구절이 많습니다. 명상적 독서는 새로운 정보를 얻기 위해 책을 읽는 데 그치지 않고, 독서를 통해 새로운 의식 상태로 들어가는 것을 말합니다. 그러기 위해서는 같은 구절을 여러 번 반복해서 읽는 것이 도움이 됩니다. 각각의 구절을 여러 차례 읽다 보면 읽을 때마다 새로운 깊이와 의미를 느낄 수 있을 것입니다. 혹은 휴식을 취하며 조용히 생각할 시간을 갖고 싶을 때, 집히는 대로 아무 페이지나 펼쳐서 몇 구절만 읽어도 좋습니다.

이런 과정을 통해 내면의 변화를 갈망하며 처음으로 이 책을 펼친 독자들은 물론이고 구체적인 실행법을 찾고자 하는 이들 모두에게 이 책이 길잡이가 되어줄 것입니다.

에크하르트 톨레

차례

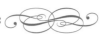

1.
—
새로운
의식의
차원이
열리다

당신의 의식이 밖을 향하고 있을 때,
마음과 세계가 솟아납니다.
당신 의식이 내면을 향할 때,
자신의 근원을 깨닫고,
집으로 돌아와 드러나지 않게 됩니다.

01

지금 이 순간의 의미

자유가 시작되는 순간

탄생과 죽음의 지배를 받는 수많은 삶의 모습 너머에, 항상 현재의 순간에 존재하는 영원한 '하나의 삶'이 있습니다. 많은 사람들은 이것을 일컬어 신이라고 하지만, 나는 존재라는 단어를 사용하곤 합니다. 존재라는 단어는 아무것도 설명하지 않습니다. 신이라는 단어도 마찬가지입니다. 그러나 신이라는 말은 너무 오랜 기간 동안 잘못 사용된 까닭에, 우리는 그 말을 듣는 순간 특정한 이미지를 떠올리게 되었고, 그것은 닫힌 개념이 되어버렸습니다. 반면에 존재라는 말은 열린 개념이라는 장점이 있습니다. 그것은 눈에 보이지 않는 무한함을 유한한 실체로 축소하지 않습니다. 존재라는 단어에서 어떤 정신적 이미지를 떠올릴 수는 없습니다. 그것은 당신의 존재 그 자체이자 본성이며, 그것을 느끼는 순간 당신은 바로 존재에 다가갈 수 있습니다. 이것은 존재라는 단어를 실제로 경험하기 위한 작은 단계일 뿐입니다.

존재는 형태 너머에만 있지 않으며, 모든 형태의 깊은 곳에 자리하고 있습니다. 존재는 눈에 보이지 않는 본질, 영원히 소멸하지 않는 그 무엇입니다. 이는 존재는 당신의 가장 깊은 자아이며, 지금 이 순간 당신이 존재에 다가갈 수 있다는 것을 의미합니다. 그러나 마음으로 그것을 붙잡으려고 하지 마십시오. 이해하려고도 하지도 마십시오.

오직 마음이 고요해지는 순간에만 우리는 존재를 알 수 있습니다. 현재에 머물며 지금 이 순간에 온전히 집중할 때, 존재를 느낄 수 있습니다. 존재란 정신적으로 이해할 수 있는 것이 아닙니다.

존재에 대한 인식을 되찾고, '느낌-자각'의 상태에 머무는 것이 바로 깨달음입니다.

깨달음이라고 하면 우리는 초인들이 도달하는 경지를 떠올립니다. 에고는 우리가 그렇게 받아들이기를 바랍니다. 그러나 깨달음은 그저 존재와 하나됨을 느끼는 자연스러운 상태입니다. 깨달음은 헤아릴 수도 파괴할 수도 없는 그 무엇, 본질적으로는 당신이지만 당신보다 훨씬 위대한 무언가와 연결된 상태입니다. 이름과 형태 너머에 있는 당신의 진정한 본질을 발견하는 것입니다.

존재와 연결되어 있음을 느끼지 못하면, 자신은 물론이고 주변의 세계와 분리되어 있다는 환상이 생겨납니다. 그러면 의식적이든 무의식적이든 스스로를 고립된 파편으로 인식하게 됩니다. 두려움이 생겨나고 안팎의 갈등은 일상이 됩니다.

존재와의 연결을 방해하는 가장 큰 걸림돌은 마음과 자신을 동일시하는 것입니다. 그리고 이것은 우리에게 끊임없이 생각을 하도록 강요합니다. 생각을 멈추지 못하는 건 끔찍한 고통입니다. 그런데 대부분의 사람들이 이런 고통을 겪고 있는 까닭에 우리는 고통을 실감하지 못하고 그것을 당연하게 여깁니다. 정신적 소음과도 같은 생각에 지속적으로 시달리다 보면, 존재와 분리할 수 없는 내면의 고요함을 발견하지 못합니다. 뿐만 아니라 마음이 만들어낸 거짓 자아가 생겨나면서 두려움과 고통의 그림자를 드리웁니다.

마음과 자신을 동일시하면 생각의 장막이 드리워집니다. 개념, 표식, 이미지, 말, 판단, 정의와 같은 생각의 활동이 만들어낸 이 장막은 모든 진실한 관계를 차단합니다. 그것은 당신과 자신 사이를, 당신과 동료 사이를, 당신과 자연 사이를, 당신과 신 사이를 가로막습니다. 이 생각의 장막 때문에 당신은 스스로 '다른 것'과 완벽히 분리되어 있다는 환상을 갖게 됩니다. 그리고 각각 분리되어 있는 형상과 신체적 외형의 밑바닥에서 그 모든 것들이 하나로 연결되어 있다는 본질적인 사실을 잊게 됩니다.

마음은 올바르게 사용하면 훌륭한 도구가 됩니다. 그러나 잘못 사용할 경우, 마음은 엄청난 파괴력을 갖습니다. 사실 더 정확하게 말하면, 마음을 잘못 사용한다고 할 수도 없습니다. 보통 당신은 마음을 전혀 사용하지 않으니까요. 오히려 마음이 당신을 이용하고 있습니다. 이것은 일종의 질병입니다. 당신은 마음이 곧 자신이라고 믿고 있습니다. 하지만 그것은 망상이며, 도구에게 당신의 자리를 빼앗기는 것과 같습니다.

미처 깨닫지 못한 사이에 도구에 불과한 마음에게 소유당하는 셈입니다. 그리고 당신을 소유하는 실체가 곧 당신 자신이라고 생각하는 겁니다.

자유의 출발점은 당신 자신이 소유하는 실체, 즉 생각하는 사람이 아니라는 걸 깨닫는 순간입니다. 이것을 깨닫게 되면 당신은 그 실체를 관찰할 수 있습니다. 그리고 생각하는 사람을 관찰하기 시작하는 순간, 더 높은 수준의 의식이 깨어납니다.

그러면 생각 너머에 거대한 앎의 영역이 있으며, 생각은 그 앎의 영역에서 아주 작은 부분일 뿐이라는 걸 깨닫게 됩니다. 그리고 아름다움, 사랑, 창조력, 기쁨, 내면의 평화와 같은 정말로 중요한 모든 것들이 마음 너머로 솟아오르는 것을 느낍니다.

당신은 깨어나기 시작합니다.

마음으로부터 자유로워지기

다행스러운 것은 당신 스스로 마음으로부터 자유로워질 수 있다는 것입니다. 마음에서 벗어나는 것이야말로 유일하고 진정한 자유입니다. 당신은 지금 당장 그 첫걸음을 내디딜 수 있습니다.

머릿속의 목소리에 귀 기울이세요. 당신의 머릿속에서
오래된 테이프처럼 몇 년째 똑같이 반복되고 있는 생각
의 패턴에 가능한 한 자주 주의를 기울여야 합니다.

이것이 바로 '생각하는 사람을 관찰하는 것'입니다. 이
것은 곧 머릿속의 목소리에 귀를 기울이면서 그곳에 목
격하는 존재로 있으라는 의미입니다.

그 목소리에 귀 기울일 때에는 편견을 갖지 않아야 합
니다. 이는 어떠한 판단도 해서는 안 된다는 의미입니
다. 당신에게 들려오는 머릿속의 목소리를 판단하거
나 비난하지 말아야 합니다. 그렇게 해봤자 똑같은 목
소리가 뒷문을 통해 다시 들어올 뿐입니다. 그리고 당
신은 곧 깨닫게 될 겁니다. 여기에 목소리가 있고, 나는
그 소리에 귀 기울이고, 관찰하고 있다는 것을. 이것은
내가 존재하고 있다는 자각입니다. 자신의 존재에 대한
깨달음은 생각으로는 얻을 수 없습니다. 그것은 마음
너머에서 떠오르는 것입니다.

어떤 생각에 귀 기울일 때, 당신은 그 생각은 물론이고

그 생각의 관찰자로서 자신을 자각하게 됩니다. 그 순간 의식의 새로운 차원이 열립니다.

생각에 귀 기울일 때, 생각 이면이나 그 밑바닥에 자리한 의식 있는 존재, 즉 당신의 깊은 자아를 느낍니다. 그러면 당신을 지배하고 있던 생각은 그 힘을 잃어버리고 순식간에 가라앉습니다. 당신이 마음에 동화되어 마음에 힘을 실어주는 행위를 더 이상 하지 않기 때문입니다. 그 순간 자신도 모르게 강박적으로 이어지던 생각도 사라집니다.

생각이 가라앉으면 정신의 흐름이 끊기는 순간, '무심無心'의 공백을 경험하게 됩니다. 처음에 그 공백은 아주 짧은 순간, 단지 몇 초에 불과할 겁니다. 그러나 그 시간은 점차 길어집니다. 이런 공백을 경험하는 순간 당신은 내면에서 고요와 평화를 느끼게 됩니다. 그리고 항상 마음에 가려져서 보지 못했던, 존재와 하나됨을 느끼는 자연스러운 상태가 시작됩니다.

수행을 지속하다 보면 고요와 평화를 더 깊이 인지할

수 있습니다. 당신이 느끼는 고요와 평화는 한없이 깊어질 수 있습니다. 또한 내면 깊은 곳에서 솟아나는 기쁨이 미묘하게 온몸으로 퍼져나가는 것을 느낍니다. 바로 존재에 대한 기쁨입니다.

이렇게 내부에서 존재와 연결되어 있을 때, 당신은 마음과 자신을 동일시하는 상태보다 더 또렷하고 분명하게 깨어 있게 됩니다. 이 순간 당신은 완전하게 존재합니다. 또한 육체에 생명력을 불어넣는 에너지 장의 주파수도 높아집니다.

동양에서 흔히 말하는 무심無心의 상태로 좀 더 깊이 들어가면, 순수한 의식의 상태를 자각하게 됩니다. 이 상태에서는 당신의 존재 자체가 너무나 강렬하고 충만한 기쁨으로 다가오기 때문에, 이에 비하면 생각이나 감정, 당신의 육체와 외부 세계는 미미하게 느껴질 뿐입니다. 이런 순수한 의식의 상태는 자기중심적인 이기적 상태가 아니라 자기 자신이 없어지는 상태입니다. 또한 과거에 당신이 '당신 자신'이라고 생각했던 존재를 넘어서는 것입니다. 이와 같은 현존(이 순간에 존재함)은 바로 당신의 본질인 동시에 그보다 더욱 위대한 그 무엇입니다.

'생각하는 사람을 관찰하는' 대신 지금 이 순간에 온전히 집중하는 것만으로도 마음의 흐름을 멈출 수 있습니다. 그저 지금 이 순간에 완전히 집중하세요.

이렇게 하면 깊은 만족을 느낄 수 있습니다. 그리고 의식을 마음의 활동으로부터 멀리 떼어놓고, 극도로 또렷하게 깨어 있지만 생각은 하지 않는 무심無心의 공백이 생깁니다. 이것이 명상의 본질입니다.

일상생활에서 늘 하던 행동을 하되 그 행동에 모든 주의를 집중하는 것으로도 수행을 할 수 있습니다. 그저 목적을 위한 수단에 불과한 평범한 행동이 그것에 집중하는 순간 그 자체가 목적이 됩니다. 예를 들어 집이나 직장에서 계단을 오르내릴 때마다 당신이 내딛는 모든 걸음걸음에, 모든 동작에, 심지어는 호흡에도 세심하게 주의를 기울여보세요. 그 순간에 온전하게 존재하세요. 손을 씻을 때에도 물소리, 물의 느낌, 손의 움직임, 비누 향기 등 손을 씻는 행위와 관련된 모든 감각에 집중해 보세요.

자동차를 탈 때에도 차 문을 닫고 잠시 모든 동작을 멈 춘 채 당신의 호흡을 느껴보세요. 그리고 고요하지만 강력한 존재감을 깨닫습니다.

이 과정에서 어느 정도로 내면의 평화를 느끼는지를 보 면 당신이 성공적으로 수행을 했는지 알 수 있습니다.

깨달음을 향한 여행에서 반드시 거쳐야 할 단계는 자신 을 마음과 동일시하지 않는 법을 배우는 것입니다. 마음의 흐름이 끊어질 때마다 의식의 빛은 더 강해집니다.

마치 아이의 재롱에 미소 짓는 것처럼, 어느 날 머릿속 에서 들려오는 목소리에 미소 짓는 자신을 발견하게 될지 도 모릅니다. 이는 마음이 만들어내는 목소리를 더 이상 심각하게 받아들이지 않는다는 의미입니다. 당신의 자아 의식이 더 이상 거기에 의존하지 않기 때문입니다.

자유로 향하는 열쇠

우리는 성장하는 과정에서 개인적, 문화적 환경을 바탕으로 자신이 누구인지에 대한 마음의 이미지를 만들어 갑니다. 유령과도 같은 이 이미지를 흔히 에고라고 부릅니다. 에고는 마음의 활동으로 만들어지는 것이므로, 우리가 끊임없이 생각하고 또 생각할 때에만 존재할 수 있습니다. 에고라는 말의 의미는 사람에 따라 다를 겁니다. 그러나 이 책에서 말하는 에고란 마음과 자신을 무의식적으로 동일시할 때 생성되는 거짓 자아를 가리킵니다.

에고에게는 현재의 순간이 존재하지 않습니다. 에고에게 중요한 것은 오직 과거와 미래입니다. 이처럼 진리에 역행하는 에고의 상태에서는 당신의 마음이 제대로 기능할 수 없습니다. 또한 에고는 과거를 항상 생생하게 살아있게 유지하려고 합니다. 과거가 없다면 자신이 누구인지 말할 수 없기 때문입니다. 그리고 끊임없이 자신을 미래에 투영하면서 지속적으로 생명을 유지하고, 그 속에서 해방감이나 성취감을 얻고자 합니다. '언젠가 이런저런 일이 생기면, 나는 괜찮을 거야. 행복하고 평화로워질 거야'라고 말하면서 말입니다.

심지어 에고가 현재와 관련이 있을 때조차도 에고는 현재의 순간을 보지 않습니다. 에고는 과거의 시각으로 현재를 보기 때문에 지금 이 순간을 온전하게 인식하지 못합니다. 마음이 투영하고 있는 미래의 목적을 이루기 위한 수단으로 현재의 순간을 축소하기 때문입니다. 당신의 마음을 관찰해보면 에고가 어떻게 작동하는지 알 수 있습니다.

자유로 향하는 열쇠를 쥐고 있는 것은 현재의 순간입니다. 그러나 자신이 곧 마음이라고 믿고 있는 한, 현재의 순간을 발견할 수 없습니다.

깨달음은 생각을 딛고 솟아오릅니다. 깨달음의 상태에서도 필요하다면 언제든지 생각하는 마음을 사용할 수 있습니다. 하지만 이전보다 훨씬 더 집중적이고 효과적인 방법으로 사용하게 될 겁니다. 실용적인 목적으로 생각하는 마음을 사용하지만, 당신의 의지와는 상관없이 들려오는 머릿속의 목소리에서 자유로워져서 내면의 고요를 유지할 수 있습니다.

마음을 사용할 때, 특히 창조적인 해결책이 필요한 경우, 생각과 고요함, 마음과 무심의 사이를 시계추처럼 몇 분 간격으로 오고갑니다. 무심이란 생각에서 벗어난 의식을 말합니다. 오직 이와 같은 방식으로만 생각은 진정한 힘을 발휘할 수 있고, 창조적으로 생각할 수 있습니다. 더 넓고 광대한 의식의 영역과 더 이상 연결되어 있지 않을 때, 생각은 그 자체로는 아무런 결실도 없는, 파괴적인 것으로 변화합니다.

감정을 지켜보는 자

여기서 말하는 마음이란 단순히 생각을 의미하는 것이 아닙니다. 그것은 당신의 감정은 물론이고, 무의식적으로 나타나는 정신적, 감정적 반응의 유형까지도 모두 포함합니다. 감정은 마음과 몸이 만나는 곳에서 솟아납니다. 그것은 마음에 대한 몸의 반응입니다. 혹은 몸 안에 마음이 반영되는 것이라고 할 수도 있습니다.

당신이 좋아하고, 싫어하고, 판단하고, 해석하면서 일어나는 모든 생각들을 자기 자신과 동일시하면, 다시 말해 관찰하는 의식으로서 현재에 존재하지 못하면, 감정적 에너지의 부담은 더 커집니다. 감정을 느낄 수 없거나 감정과 단절된다면, 당신은 결국 몸의 문제나 증상으로 감정을 느낄 수밖에 없습니다.

자신의 감정을 느끼기 어렵다면, 몸 안의 에너지 장에 온 신경을 집중해보세요. 내면 깊은 곳으로부터 당신의 몸을 느껴보세요. 그러면 당신의 감정을 느낄 수 있을 겁니다.

정말로 당신의 마음을 알고 싶다면, 당신의 몸을 들여다보세요. 몸은 언제나 당신의 마음을 충실하게 반영하고 있습니다. 당신의 몸 안에서 일어나는 감정을 느껴보세요. 생각과 감정 사이에 갈등이 벌어지고 있다면,

생각은 거짓이고 감정이 진실입니다. 하지만 그것은 당신이 누구인지에 대한 절대적인 진실이 아닌, 그 순간 당신의 마음 상태에 대한 상대적인 진실입니다.

어쩌면 생각으로는 무의식적인 마음의 활동을 자각할 수 없을지도 모릅니다. 마음의 활동은 항상 어떤 감정으로 몸에 나타납니다. 그래서 그것을 자각할 수 있는 것입니다.

이런 식으로 감정을 바라보는 건, 앞에서 이야기한 생각에 귀 기울이거나 생각을 바라보는 것과 같습니다. 한 가지 차이점이 있다면 생각은 머릿속에 있는 반면, 감정은 강력한 물리적 요소를 가지고 있는 까닭에 주로 몸에서 느껴진다는 점입니다. 그래서 당신은 감정의 지배를 받지 않으면서도 감정이 몸에 머물 수 있도록 하는 것입니다. 당신은 더 이상 감정이 아닙니다. 당신은 관찰자이며 목격하는 존재입니다.

이런 연습을 하다 보면, 내면에 무의식 상태로 있는 모든 것이 의식의 빛 속에서 모습을 드러낼 것입니다.

스스로에게 이렇게 물어보는 습관을 들이세요. 지금
이 순간 내 안에서 무슨 일이 일어나고 있는가? 이 질
문은 당신에게 올바른 방향을 제시해줄 겁니다. 그러나
분석하지는 말아야 합니다. 그저 바라보세요. 내면에
집중하세요. 감정의 에너지를 느껴야 합니다.
만약 어떤 감정도 느껴지지 않는다면, 내면의 에너지
장에 더 깊이 집중합니다. 그것이 존재로 들어가는 입
구입니다.

02

두려움에서 벗어나기

마음이 만들어낸 두려움

두려움을 느끼는 순간의 심리적 상황은 구체적이고, 실제적이며, 즉각적인 위험에 처했을 때와는 다릅니다. 두려움은 불안, 근심, 걱정, 신경과민, 긴장, 무서움, 공포 등 다양한 모습으로 나타납니다. 이런 종류의 심리적 두려움은 미래의 어느 순간에 일어날지도 모를 무언가에 대한 것이며, 지금 일어나고 있는 일에 대한 두려움이 아닙니다. 당신은 지금 이곳에 있지만, 당신의 마음은 미래에 있습니다. 이것이 당신이 불안을 느끼는 이유입니다. 또한 자신을 마음과 동일시하며 지금 이 순간이 가진 힘과 단순함에서 단절될 때, 불안은 그림자처럼 당신을 따라다닙니다.

현재의 순간에는 언제나 대처할 수 있지만, 마음이 투영된 것에 불과한 미래에 대해서는 어떻게 해볼 도리가 없습니다.

게다가 자신을 마음과 동일시하는 동안 당신의 삶은 에고에 의해 좌우됩니다. 에고는 본질적으로 환영과 같아서 정교한 방어기제를 가지고 있음에도 매우 취약하고 위험한 상태에 있습니다. 따라서 에고는 스스로 끊임없이 위협받고 있다고 생각합니다. 겉으로는 매우 자신감 넘쳐 보이는 에고의 경우에도 마찬가지입니다. 감정은 마음에 대한 몸의 반응이라는 사실을 다시 한 번 떠올려보세요. 거짓 자아이자 마음이 만든 자아인 에고로부터 당신의 몸은 끊임없이 어떤 메시지를 받고 있습니다. '위험해, 나는 위협

받고 있어.' 이런 메시지를 지속적으로 받는다면 어떤 감정
이 생길까요? 당연히 두려움입니다.

두려움의 원인에는 여러 가지가 있는 것처럼 보입니다.
상실에 대한 두려움, 실패에 대한 두려움, 상처받는 것에
대한 두려움 등등. 그러나 궁극적으로 모든 두려움은 에고
가 느끼고 있는 죽음과 소멸에 대한 두려움입니다. 에고에
게 죽음은 언제나 가까이에 있습니다. 자신을 마음과 동일
시하는 상태에서 에고가 느끼는 죽음에 대한 두려움은 당
신 삶의 모든 부분에 영향을 미칩니다.

예를 들어, 논쟁을 할 때에는 자신이 옳다고 주장하며
다른 사람들은 틀렸다고 강박적으로 몰아세웁니다. 이는
자신과 동일시하는 마음의 입장을 방어하기 위한 것입니
다. 이와 같은 반응은 겉으로 보기엔 사소하고 지극히 '정
상적'인 것 같지만, 사실은 죽음에 대한 두려움에서 기인합
니다. 마음의 입장과 동일화된 상태에서 당신이 틀렸다는
것이 드러나면, 마음에 뿌리를 두고 있는 자아감각은 소멸
하게 될지도 모른다는 심각한 두려움을 느끼게 됩니다. 따

라서 에고는 자신이 틀렸음을 인정할 수 없습니다. 틀린다는 건 곧 죽음을 의미하기 때문입니다. 수없이 많은 관계가 깨지고, 전쟁이 벌어지는 이유가 여기에 있습니다.

일단 자신을 마음과 동일시하지 않으면, 당신이 옳거나 틀렸다는 사실은 자아감각에 아무런 영향을 미치지 않습니다. 따라서 당신이 반드시 옳아야 한다는 강압적이고 무의식적인 필요성, 일종의 폭력과도 같은 강박관념은 사라집니다. 자신의 느낌이나 생각을 명확하고 분명하게 표현하지만, 그것 때문에 공격적이거나 방어적인 태도를 취하지는 않습니다. 당신의 자아감각이 마음이 아닌, 내면의 더 깊고 더 진실한 장소에 뿌리를 내리고 있기 때문입니다.

내면에 있는 온갖 종류의 방어기제를 조심하세요. 당신이 방어하고 있는 것은 무엇입니까? 환상에 불과한 정체성, 마음 안에 있는 어떤 이미지, 가상의 존재. 이런 패턴을 자각하고 지켜볼 때 당신은 그것과 자신을 동일시하는 것에서 벗어날 수 있습니다. 의식의 빛 속에서 무의식의 패턴은 순식간에 사라집니다.

인간관계를 갉아먹는 모든 논쟁과 힘을 둘러싼 경쟁도 끝낼 수 있습니다. 다른 사람에게 행사하는 힘은 힘을 가장한 나약함일 뿐입니다. 진정한 힘은 내면에 있습니다. 그리고 지금 이 순간 당신은 그 힘을 사용할 수 있습니다.

마음은 언제나 지금 이 순간을 부정하고, 지금 이 순간에서 벗어나려고 합니다. 자신을 마음과 동일시할수록 고통은 더 커집니다. 하지만 지금 이 순간을 더 존중하고 있는 그대로 받아들인다면 당신은 고통과 괴로움에서 벗어날 수 있습니다. 에고의 지배를 받는 마음으로부터 자유로워지는 것입니다.

자신과 다른 이들에게 더 이상 고통을 주고 싶지 않다면, 여전히 내면에 살아 있는 과거의 고통의 찌꺼기를 추가하고 싶지 않다면, 더 이상 시간을 만들어내지 마세요. 삶의 실용적인 부분들을 위한 시간도 필요 이상으로 만들지 말아야 합니다.

현재의 순간이 당신이 가진 전부라는 걸 깊이 깨달으세요. 당신의 인생에서 가장 먼저 주목해야 하는 것은 지금 이 순간입니다.

지난날에는 시간에 맞추어 살면서 지금 이 순간에 잠깐 동안 머물렀다면, 지금 이 순간에 온전히 머물면서 현실적인 삶에 필요한 일들을 처리해야 하는 경우에만 과거와 미래로 잠깐 다녀오면 됩니다.

현재의 순간에 언제나 '네'라고 대답하세요.

시간이라는 망상

여기에 열쇠가 하나 있습니다. 시간이라는 망상에 종지부를 찍을 수 있는 열쇠입니다. 시간과 마음은 떼려야 뗄 수 없는 관계에 있습니다. 마음에서 시간을 제거하는 순간, 마음은 그대로 멈추어버립니다. 당신이 그것을 사용하겠다고 선택하지 않는 한 말입니다.

당신을 마음과 동일시하는 건 시간 속에 갇히는 것입니다. 그럴 경우 오직 과거의 기억과 미래에 대한 기대에만 의지한 채 살아갈 수밖에 없습니다. 과거와 미래에 사로잡힌 채 지금 이 순간을 존중하거나 인정하기를 거부하고, 현재를 있는 그대로 허용하지 않는 겁니다. 과거가 당신에게 정체성을 부여하고, 미래가 어떤 형태로든 구원과 성공을 약속하기 때문입니다. 그러나 이것은 모두 환상일 뿐입니다.

당신이 과거라고 생각하는 것은 마음속에 저장된 지나간 '지금'에 대한 기억의 흔적에 불과합니다. 또한 미래는 당신의 마음이 투사된 상상 속의 '지금'입니다. 과거와 미래는 그 자체로 실재하지 않으며, 영원한 현재를 희미하게 투사하고 있을 뿐입니다. 당신이 과거와 미래에 집착할수록 가장 소중한 시간인 지금 이 순간을 놓치게 됩니다.

'지금'이 가장 소중한 이유는 무엇일까요? 우선, '지금'만이 유일하게 존재하는 시간이기 때문입니다. 그리고 '지금'이 존재하는 전부이기 때문입니다. 영원한 현재인 '지금'이 인생이 펼쳐지는 공간이고, 변함없는 하나의 실재입

'지금'이 가장 소중한 이유는 무엇일까요?

우선, '지금'만이 유일하게 존재하는 시간이기 때문입니다.

그리고 '지금'이 존재하는 전부이기 때문입니다.

영원한 현재인 '지금'이 인생이 펼쳐지는 공간이고,

변함없는 하나의 실재입니다.

니다. 삶은 지금 이 순간입니다. 당신의 인생이 지금 이 순간이 아니었던 적은 한 번도 없었으며, 앞으로도 그럴 것입니다.

지금 이 순간이 소중한 두 번째 이유는, 그것이 마음이라는 제한된 영역 너머로 당신을 데려다줄 수 있는 유일한 순간이기 때문입니다. '지금'만이 시간과 형태를 초월한 존재의 영역에 접근할 수 있는 유일한 지점입니다.

지금 이 순간을 벗어나서 무언가를 경험하고, 행동하고, 생각하고, 느낀 적이 있습니까? 앞으로 그럴 수 있을 거라고 생각하나요? 지금 이 순간이 아닌 시간에서 어떤 일이 일어나거나 존재한다는 것이 가능할까요? 대답은 분명합니다. 그렇지 않습니까?

과거에는 아무 일도 일어나지 않았습니다. 모든 일은 지금 이 순간 벌어지고 있습니다.

미래에도 아무 일도 일어나지 않을 겁니다. 모든 일은 지금 이 순간 벌어지고 있습니다.

이 이야기의 핵심은 마음으로는 이해할 수 없습니다. 그러나 그 의미를 깨닫는 순간, 마음에서 존재로, 시간에서 현재의 순간으로, 의식의 변화가 일어납니다. 갑자기 모든 것들이 내뿜는 에너지와 존재감을 느끼며, 그 생명력을 실감할 수 있습니다.

03

시간의 차원에서 벗어나다

마음의 관찰자

영원한 차원으로 들어가면 다른 종류의 앎을 만나게 됩니다. 이런 앎은 모든 창조물과 만물 속에 살아 있는 영혼을 느끼게 합니다. 삶의 신성함과 신비함을 파괴하지 않으며, 모든 것에 대한 깊은 사랑과 경외감을 느끼게도 합니다. 또한 이것은 마음이 아무것도 알지 못한다는 것에 대한 앎입니다.

현재의 순간을 거부하며 그에 저항하는 낡은 패턴을 깨뜨려야 합니다. 과거와 미래가 필요하지 않을 때에는 언제든 과거와 미래에 대해 무관심해지는 연습을 하세요. 일상생활 속에서 가능한 한 자주 시간의 차원에서 한 걸음 물러서보세요.

지금 이 순간으로 직접 들어가기 어렵다면, 습관적으로 현재에서 달아나려는 당신의 마음을 지켜보는 것에서부터 시작하세요. 그러면 당신이 현재보다 더 좋거나 더 나쁜 미래를 상상하고 있음을 알게 됩니다. 당신이 상상한 미래가 지금보다 더 좋다면, 희망이나 가슴 벅찬 기대감을 갖게 됩니다. 하지만 만약 지금보다 더 안 좋은 미래를 상상하면, 걱정이 앞섭니다. 그러나 그것은 모두 환상입니다.

자신을 관찰할 때, 당신은 저절로 현재에 더 오래 머물게 됩니다. 자신이 현재에 머물지 않는다는 것을 깨닫는 순간, 당신은 현재에 존재하게 됩니다. 마음을 관찰할 수 있다면 언제든 더 이상 마음에 얽매이지 않을 수 있습니다. 그리고 마음에서 벗어날 때 마음이 아닌 또 다른 어떤 것이 당신의 삶으로 들어옵니다. 바로 관찰하는 존재입니다.

마음의 관찰자로 현재에 머물러야 합니다. 다양한 상황에 대한 자신의 반응뿐 아니라 자신의 생각과 감정을 관찰해보세요. 당신이 반응을 보이는 상황이나 사람에 관심을 갖는 만큼 당신의 반응 자체에도 관심을 기울여야 합니다.

과거 혹은 미래에 얼마나 자주 관심을 기울였는지 살펴보세요. 하지만 관찰한 것을 판단하거나 분석하지 말아야 합니다. 단지 생각을 관찰하고, 감정을 느끼고, 반응을 지켜보세요. 이런 것들을 개인적인 문제로 제한하지 마세요. 그러면 당신이 관찰한 것보다도 강력한 그 무엇, 마음의 뒤편에서 고요히 관찰하는 존재 그 자체를 느낄 수 있습니다.

엄청난 감정적 부담을 느끼며 격하게 반응하게 되는 경우가 있습니다. 자아상이 위협받을 때, 어떤 난관에 부딪혀 두려움을 느낄 때, 일이 잘 풀리지 않거나 과거부터 쌓였던 감정 덩어리들이 떠오를 때가 바로 그런 경우입니다. 그럴 때에는 현재의 순간에 강력하게 집중할 필요가 있습니다. 그런 상황에 처할 때 당신은 '무의식'에 빠지기 쉽습니다. 반응이나 감정에 지배당하는 순간, 당신 자신이 그런 반응이나 감정 그 자체가 되어버리는 겁니다. 그리고 행동으로 그것을 표출합니다. 변명하고, 일을 그르치고, 공격하고, 방어합니다. 하지만 그것은 당신이 아닙니다. 그저 당신의 반응 패턴, 다시 말해 마음의 습관적인 생존 방식에 불과합니다.

자신을 마음과 동일시하면 마음은 더 강력해집니다. 반대로 마음을 관찰하면 마음은 에너지를 잃고 약화됩니다. 마음과 자신을 동일시하면 시간을 더 많이 만들어내지만, 마음을 관찰하면 시간을 초월한 영원의 차원이 열립니다. 마음에서 끌어낸 에너지는 지금 이 순간으로 바뀝니다. 일단 현재에 존재한다는 것이 무엇을 의미하는지 느낄 수 있다면, 지금 이 순간으로 더 깊이 들어가고 싶은 때에는 언제든 수월하게 시간의 차원에서 벗어날 수 있습니다.

　그렇다고 실제적인 목적에서 과거나 미래와 같은 시간을 사용할 필요가 있을 때, 시간을 활용하는 능력에 문제가 생기는 것은 아닙니다. 마음을 활용하는 능력이 손상되는 것도 아닙니다. 그 능력은 오히려 향상되어 더 예리하고 집중적으로 마음을 이용할 수 있게 됩니다.

　깨달음에 도달한 사람들은 언제나 지금 이 순간에 모든 관심을 집중합니다. 물론 그들도 부분적으로는 여전히 시간을 의식합니다. 그들 역시 시계가 가리키는 '시계상의 시간'을 계속 이용하지만, 결코 심리적 시간에 얽매이지는 않습니다.

시간이 만들어낸 고통

　현실적인 삶에서는 물론 '시계상의 시간'을 이용해야

합니다. 그러나 현실적인 문제가 해결되는 즉시 현재의 순간으로 돌아와야 합니다. 그러면 '심리적 시간'이 쌓이지 않습니다. 심리적 시간은 과거와 자신을 동일시하게 만들고, 끊임없이 강압적으로 미래를 투영하게 만듭니다.

어떤 목표를 세우고 그것을 진행할 때에는 시계상의 시간을 활용합니다. 자신의 목표를 정확히 인식하되 이 순간 당신이 내딛는 발걸음에 모든 주의를 집중하고 그것을 존중해야 합니다. 반면에 목표를 향해 가는 과정에서 행복이나 성취감 혹은 자신에 대한 더 완벽한 의미를 추구하면서 목표에 지나치게 집중하게 되면, 지금 이 순간은 더 이상 존중받지 못합니다. 또한 지금 이 순간은 그저 미래로 가기 위한 징검다리 정도로 의미가 축소되어 그 본질적 가치를 잃게 됩니다. 시계상의 시간이 심리적인 시간으로 전락하는 겁니다. 그렇게 되면 인생 여정은 더 이상 모험이 아니라, 반드시 도착해야 하고 이루어내고 '성취해야 할' 강박적인 욕구로 변질됩니다.

더 이상 길가에 피어 있는 꽃을 보지 못하고, 향기를 맡을 수도 없습니다. 지금 이 순간에 존재할 때 당신 주변에서 펼쳐지는 삶의 아름다움과 기적을 놓쳐버리는 겁니다.

언제나 지금 이곳이 아닌 다른 어딘가로 가려 애쓰고 있지는 않나요? 당신의 행동이 대부분 그저 목적을 이루기 위한 수단에 불과한가요? 눈앞에 놓인 성취를 쫓거나, 성행위, 음식, 술, 마약, 황홀감, 흥분처럼 순간의 즐거움에 매달려 있나요? 항상 무언가가 되고, 무언가를 성취하고 획득하는 것에 몰두하고 있나요? 혹은 새로운 황홀감이나 즐거움을 찾기 위해 모든 정신을 쏟고 있나요? 더 많은 것을 얻으면, 더 큰 성취감과 행복, 심리적 만족을 느낄 수 있다고 믿나요? 자신의 인생에 의미를 부여해줄 누군가를 기다리나요?

마음을 자신과 동일시하며 깨어 있지 못한 의식 상태에서는, 지금 이 순간에 내재되어 있는 무한한 창조성과 힘이 심리적 시간에 의해 완전히 가려집니다. 그러면 당신의 삶은 활기와 신선함, 경이로움을 잃고 맙니다. 생각, 감정, 행동, 반응 그리고 욕망의 낡은 패턴이 끊임없이 반복되면서, 당신의 정체성을 형성하지만 지금 이 순간의 현실을 왜곡하고 은폐하는 마음의 각본에 따라 움직이게 됩니다.

그리고 마음은 만족할 수 없는 현재에서 벗어나기 위해 미래에 대해 강박관념을 만들어냅니다.

당신이 인식하고 있는 미래는 사실 현재에 대한 당신의 의식 안에 내재된 것입니다. 만약 마음이 과거의 무거운 짐을 짊어지고 있다면, 당신은 앞으로도 과거와 같은 경험을 되풀이하게 될 겁니다. 현재를 충분히 인식하지 못하면 과거가 지속적으로 영향력을 행사합니다. 미래를 결정하는 것 역시 이 순간에 대한 인식 수준입니다. 당연한 말이지만, 미래는 오로지 지금 이 순간으로서만 경험될 수 있습니다.

미래가 지금 이 순간의 의식 수준에 의해 결정된다면, 의식 수준을 결정하는 것은 무엇일까요? 당신이 어떤 강도로 지금 여기에 머물고 있는지가 의식 수준을 결정합니다. 결국 진정한 변화가 일어나고 과거가 소멸하는 유일한 시점은 바로 지금 이 순간입니다.

시간이 모든 고통의 원인임을 인정하는 것이 힘들지도 모릅니다. 당신이 겪고 있는 모든 고통과 어려움은 삶의 특수한 상황 때문이라고 믿고 있을 겁니다. 전통적으로 생각한다면, 이것은 맞는 말입니다. 그러나 과거와 미래에 집착해서 지금 이 순간을 부정하고 문제를 만들어내는 마음의 부작용을 근본적으로 해결할 때까지, 문제는 변하지도 사라지지도 않을 겁니다.

모든 문제들 혹은 고통이나 불행의 원인이라고 여겨지는 것들이 오늘 기적처럼 사라진다고 해도 현재의 순간에 더 오래 머물지 못하고 깨어 있지 못하면, 당신은 곧 비슷한 문제나 고통의 원인과 마주하게 될 겁니다. 문제와 고통은 그림자처럼 당신을 따라다닐 겁니다. 사실 문제는 단 하나, 당신의 마음이 시간에 묶여 있다는 것입니다.

시간이 흐른다고 저절로 구원을 얻을 수는 없습니다. 당신은 미래에도 자유로울 수 없습니다.

자유의 문을 여는 열쇠는 지금 이 순간입니다. 따라서 당신은 오직 지금 이 순간에만 자유로울 수 있습니다.

삶으로 이끄는 좁은 문

당신이 '삶'이라고 부르는 것은, 더 정확하게 말하면 '삶의 상황'이라고 할 수 있습니다. 삶의 상황은 심리적 시간인 과거와 미래입니다. 과거의 어떤 일들은 당신이 원하는 방향으로 흘러가지 않았을 겁니다. 당신은 과거에 일어났던 일들에 지금껏 저항하면서 현재에도 저항하고 있습니다. 희망이 당신을 앞으로 나아가게 하지만, 당신이 미래에만 집중하게 만들어버리기도 합니다. 그리고 지속적으로 미래에 집중하다 보면, 지금 이 순간을 부정하며 불행에 빠집니다.

잠시라도 삶의 상황을 잊고 삶 그 자체에 주목해보세요.

삶의 상황은 시간 속에 존재합니다. 하지만 당신의 삶은 지금 이 순간에 있습니다.

삶의 상황은 마음의 것입니다. 하지만 당신의 삶은 실

제입니다.

'삶으로 이끄는 좁은 문'을 찾으세요. 그것은 지금 이 순간입니다. 당신의 삶을 이 순간으로 좁히세요. 삶의 상황에는 온갖 문제들이 가득할 겁니다. 누구에게나 삶의 상황은 그렇습니다. 그렇다면 이 순간에 어떤 문제가 있는지 살펴보세요. 내일이나 10분 후가 아니라, 바로 지금 이 순간 말입니다. 지금 이 순간 당신에게 어떤 문제가 있나요?

당신이 문제 때문에 고민에 빠져 있는 동안에는 새로운 어떤 것이 들어갈 공간이 없습니다. 문제를 해결할 수 있는 여지가 없습니다. 그래서 할 수 있을 때는 언제라도 공간을 만들고, 자리를 마련해두어야 합니다. 그래야 삶의 상황 아래에 있는 삶을 발견할 수 있습니다.

당신의 모든 감각을 완전히 깨어 있게 하세요. 지금 있는 그 자리에 머물러야 합니다. 주변을 둘러보세요. 눈에 보이는 것들에 대해 어떤 평가도 하지 말고 그저 바라만 보세요. 당신을 둘러싸고 있는 모든 것들의 빛, 형상, 색깔, 질감을 지켜보세요. 모든 사물의 고요한 존재를 의식하세요. 모든 것이 존재하도록 허락하는 공간을 느껴보세요.

소리에 귀 기울여 보세요. 어떤 판단도 하지 말고 그 소리의 밑바닥에 흐르고 있는 침묵에 귀를 기울이세요.

무엇이라도 좋으니 그것을 만지고 느끼며 그 존재를 인식하세요.

호흡의 리듬을 관찰하세요. 몸 속으로 공기가 들어오고 나가는 것을 느껴보세요. 당신의 몸 안에서 삶의 에너지를 느끼세요. 당신의 내면과 외부에 있는 모든 것을 그대로 두세요. 모든 것들의 '존재함'을 받아들이세요. 그리고 지금 이 순간으로 깊이 들어가세요.

당신은 정신만을 추구하는 세상, 쇠락하는 시간의 세상을 뒤로 하고 떠나고 있습니다. 서서히 지구를 오염시키고 파괴하는 것처럼 당신에게서 삶의 에너지를 빼앗아가는 광기에 찬 마음에서 벗어나고 있습니다. 시간의 꿈에서 깨어나 지금 이 순간으로 들어갑니다.

단순하게 선택하고 결정하기

지금 이 순간에 주의를 집중하세요. 그리고 지금 이 순간 당신에게 무슨 문제가 있는지 이야기해보세요.

나는 당신의 대답을 들을 수 없을 겁니다. 왜냐하면 당신이 완전하게 '지금 이 순간'에 집중하고 있을 때는 어떤 문제도 없기 때문입니다. 상황이라는 건 어떤 식으로든 해결하거나 있는 그대로를 받아들이거나 두 가지 방법 중 하나를 선택해야 합니다. 문제는 왜 생기는 걸까요?
　마음은 무의식적으로 문제를 만들어내려 합니다. 그 문제들이 당신에게 일종의 정체성을 부여하기 때문입니다. 이것은 흔히 있는 일이지만, 정신 나간 미친 짓이기도 합니다. '문제'란 지금 이 순간 어떤 행동을 할 진정한 의도도

가능성도 없이 그저 자신이 처한 상황에 골몰하며 집착하는 것입니다. 무의식적으로 그 상황을 당신의 자아감각으로 받아들이는 것이 바로 '문제'입니다. 그러면 당신은 삶의 상황에 짓눌린 나머지 삶의 감각, 존재의 감각을 잃어버립니다. 그리고 지금 할 수 있는 단 한 가지에 집중하는 대신, 미래에 해야 하거나 혹은 하게 될 수도 있는 수백 가지의 터무니없는 짐을 마음속에 쌓아가고 있습니다.

문제를 만들면, 고통도 따라옵니다. 당신이 해야 할 일은 단순하게 선택하고, 단순하게 결정하는 겁니다. 무슨 일이 있어도 더 이상 자신을 고통스럽게 하지도, 더 이상 문제를 만들어내지도 않겠다고 다짐하세요.

이것은 단순한 선택이지만, 매우 근본적인 것입니다. 신물이 나고 지긋지긋할 정도로 충분히 고통을 겪지 않는 한, 당신은 어떻게든 이 단순한 선택을 하지 않으려 할 겁니다. 지금 이 순간이 가진 힘에 다가가지 않는 한, 그 선택을 관철시킬 수도 없을 겁니다. 자신에게 더 이상 고통을 주지 않는다면, 다른 사람들에게도 더 이상 고통을 주지 않게 됩니다. 또한 문제를 만들어내는 부정적인 감정과 생각으로 아름다운 지구, 내면의 공간, 집단적인 인류의 정신을 오염시키지 않게 됩니다.

지금 당장 해결해야 할 급박한 상황에 처했을 때, 현재의 순간을 의식하고 있다면 정확하고 분명하게 그리고 효과적으로 행동할 수 있습니다. 당신의 마음을 좌우하는 과거에 비추어 행동하는 것이 아니라 상황에 본능적으로 대응하기 때문입니다. 또한 시간에 얽매여 있는 마음이 반응을 하려 할 때에도 아무것도 하지 않고 지금 이 순간에 집중하는 것이 더 효과적이라는 걸 알게 될 겁니다.

존재하는 기쁨

자신이 얼마나 심리적 시간에 지배당하고 있는지 스스로 경계하고 싶다면, 다음의 간단한 기준을 활용해보세요.

자신에게 이렇게 물어보세요. 지금 당신이 하고 있는 일에 대해 기쁨, 편안함, 유쾌함을 느낍니까? 그렇지 않다면 시간이 현재의 순간을 장악하고 있는 것이며, 삶이 무거운 짐이나 투쟁처럼 여겨질 겁니다.

당신이 하는 일이 기쁘거나 편안하거나 유쾌하다고 느끼지 못한다고 해서 반드시 하는 일을 바꿀 필요는 없습니다. 단순히 일하는 방법을 바꾸는 것으로 충분합니다. '무엇을 하는가'보다는 '어떻게 하느냐'가 언제나 더 중요합니다. 당신이 일의 결과보다 그 일을 하는 행위 자체에 더 관심을 기울이고 있는지 살펴보세요. 그것이 무엇이든 지금 하고 있는 일에 온전히 집중하세요. 이것은 그 일을 있는 그대로를 온전히 받아들인다는 의미입니다. 무슨 일을 하든 그것에 저항하면서 동시에 온전히 주의를 기울일 수는 없기 때문입니다.

현재의 순간을 존중하면 그 순간 모든 불행과 갈등은 사라지고 삶에 기쁨과 편안함이 넘쳐흐르기 시작합니다. 현재의 순간을 의식하고 있으면, 당신이 무엇을 하든 아주

단순한 행동 하나에도 고결함, 배려, 사랑의 의식이 가득
차오릅니다.

행동의 결과에 연연하지 말고 행동 자체에 주의를 기
울이세요. 결과는 저절로 따라오는 것입니다. 이것이야
말로 강력한 영적 수행입니다.

지금 이 순간에서 멀어지려는 강박적인 노력을 멈추
면, 당신이 하는 모든 일에 존재의 기쁨이 스며듭니다. 지
금 이 순간에 집중할 때, 존재를, 고요함을, 평화를 느낄 수
있습니다. 성취감과 만족감을 느끼기 위해 더 이상 미래에
의존할 필요도 없습니다. 미래에서 구원을 찾지도 않습니
다. 그러므로 결과에 집착하지도 않습니다. 실패도 성공도
존재의 내면 상태를 바꿀 수 없습니다. 당신이 이미 삶의
상황 아래 놓여 있는 삶을 발견했기 때문입니다.
　심리적 시간에서 벗어나면, 자아감각은 당신의 과거가
아닌 존재에 뿌리내리게 됩니다. 그러면 자신이 아닌 다른
어떤 것이 되려는 심리적 욕구도 사라집니다. 삶의 상황

속에서 당신은 부자가 되고, 많은 지식을 습득하고, 성공한 자리에 오르고, 이런저런 일로부터 자유로워지기를 진심으로 바랄지도 모릅니다. 그러나 존재의 더 깊은 차원에서 당신은 지금 이 순간 완벽하고 온전합니다.

시간을 초월해 깨어 있기

온몸의 세포가 지금 이 순간에 존재하며 약동할 때, 그리고 당신이 삶의 모든 순간에서 존재의 기쁨을 느낄 때, 비로소 시간에서 자유로워질 수 있습니다. 시간에서 자유로워진다는 것은 정체성 때문에 과거에 얽매이고, 성취감 때문에 미래를 집착하는 마음으로부터 벗어나는 것을 말합니다. 이것은 당신이 상상할 수 있는 가장 심오한 의식의 변화입니다.

처음으로 시간을 초월한 의식의 상태를 경험하는 순

간, 당신은 시간과 존재의 차원을 오가며 움직이기 시작합니다. 그리고 자신이 지금 이 순간에 진심으로 집중하는 시간이 거의 없다는 것을 가장 먼저 깨닫게 됩니다. 하지만 당신이 현재의 순간에 머물지 못하는 것을 깨닫는 것만으로도 엄청난 성공이라고 할 수 있습니다. 비록 아주 짧은 시간 동안 지속될 뿐이지만, 그런 앎이 바로 현존입니다.

이렇게 과거나 미래보다는 현재의 순간에 의식을 집중하는 일이 점점 더 빈번해지면, 지금 이 순간을 잃어버렸다는 걸 깨달을 때마다 이 순간에 더 머물게 됩니다. 단지 몇 초 동안만 그 상태에 머무는 것이 아니라, 당신이 시계상의 시간 밖의 시각에서 인식하는 것처럼 더 오랜 기간 동안 머물게 됩니다.

현재에 확고하게 자리 잡기 전, 다시 말해 완전하게 의식적인 상태가 되기 전에는 의식과 무의식, 현존의 상태와 자신과 마음을 동일시하는 상태 사이를 잠시 동안 오락가락 움직입니다. 지금 이 순간을 잃어버렸다 다시 지금으로 되돌아오기를 반복합니다. 이 과정이 몇 번이고 되풀이됩니다. 그리고 마침내 지금 이 순간에 주로 머물게 됩니다.

04

무의식을 넘어
존재의 빛으로

저항하는 마음

모든 일이 비교적 순조롭게 흘러가는 일상적인 상황에서 더 자주 깨어 있으려 노력해야 합니다. 이런 노력을 통해 당신이 현재에 존재할 수 있는 힘은 더 커집니다. 그리고 당신과 당신 주변에 고주파의 에너지 장이 형성됩니다.

1 새로운 의식의 차원이 열리다

빛이 있으면 어둠이 존재할 수 없듯이, 깨어 있는 의식의 장에는 어떤 무의식이나 부정, 불화 혹은 폭력이 들어설 여지가 없습니다.

자신의 생각과 감정을 지켜보는 것은 이 순간에 존재하기 위한 필수적인 단계입니다. 만약 그 방법을 알게 되면, 당신의 삶에 일상적인 무의식이 고정된 배경화면처럼 깔려 있고, 당신이 진정한 내면의 평화를 느끼는 순간이 거의 없다는 사실을 깨닫고 충격을 받을지도 모릅니다.

우선 당신의 생각을 지켜보면, 자신이 무언가를 판단하고 불만을 표현하며 지금 이 순간과는 동떨어진 상상에 사로잡혀 강력하게 저항하고 있음을 알게 됩니다. 또한 당신의 감정 밑바닥에는 불안, 긴장, 권태 혹은 초조함이 흐르고 있음을 알 수 있습니다. 이 모든 것이 습관적으로 저항하는 마음의 방식입니다.

불필요한 판단을 하거나 있는 그대로에 저항하거나 지금 이 순간을 부정할 때, 어떻게 당신 내면에서 불안, 불만, 긴장이 생겨나는지 지켜보세요.

이 순간의 나

하지만 당신이 그곳에 의식의 빛을 비추면 무의식적인 것은 모두 사라집니다.

일단 일상적인 무의식을 사라지게 하는 법을 알게 되면, 존재의 빛은 더 환하게 빛날 것입니다. 또한 무의식이 당신을 끌어당길 때마다 더 수월하게 무의식에서 벗어날 수 있게 될 겁니다. 그러나 일상의 무의식은 너무도 평범해서 처음에는 알아차리기 쉽지 않습니다.

자신을 관찰하면서 당신의 정신과 감정 상태를 파악하는 습관을 들여야 합니다.
그러기 위해서 "나는 지금 이 순간 편안한가?" 같은 질문을 스스로에게 자주 해보는 것이 좋습니다.
혹은 이런 질문을 던질 수도 있습니다. "지금 이 순간 내 안에서 무슨 일이 일어나는가?"

외부에서 일어나는 일에 관심을 갖는 만큼 당신의 내면에서 무슨 일이 일어나고 있는지에도 관심을 기울이세요.

당신의 내면을 올바로 파악하고 있다면, 외부의 일은 제자리를 찾아가게 마련입니다. 중요한 현실은 내면에 있으며, 외부에 있는 건 부차적인 것에 지나지 않기 때문입니다.

하지만 앞에서 말한 질문에 즉시 대답하지는 마세요. 그보다는 관심을 당신의 내면으로 돌려 자신의 내면을 들여다보세요.
당신의 마음은 어떤 종류의 생각들을 만들어내고 있습니까?
당신은 무엇을 느끼고 있습니까?
이번에는 몸으로 시선을 돌려보세요. 당신의 몸은 긴장하고 있나요?
마음 밑바닥에 불안감이 자리하고 있음을 느꼈다면, 당신이 지금 이 순간을 부정하면서 어떤 식으로든 삶을 회피하고, 삶에 저항하고, 삶을 부정하고 있지는 않은지 살펴보세요.

사람들은 다양한 방식으로 현재의 순간에 무의식적으

로 저항합니다. 하지만 수행을 통해 자신을 관찰하는 힘을, 내면의 상태를 파악할 수 있는 힘을 기를 수 있습니다.

시간의 꿈에서 깨어나기

지금 스트레스를 받고 있습니까? 현재를 그저 미래로 가는 수단에 불과하다고 여기며 정신없이 미래를 향해 가고 있나요? 스트레스가 생기는 이유는 '이곳'에 있으면서 '저곳'에 있기를 바라고, 지금 이 순간에 있으면서 미래에 있기를 바라는 데에 있습니다. 이것은 당신의 내면이 분열되어 있음을 의미합니다.

혹시 과거에만 관심을 쏟고 있지 않습니까? 긍정적이든 부정적이든 과거에 대해 자주 이야기하고 생각합니까? 과거에 이루었던 뛰어난 성과, 당신이 겪었던 모험이나 경험, 피해를 입었거나 끔찍한 일을 당했던 기억, 당신이 다른 사람들에게 했던 행동에 대해 이야기하거나 생각할 때가 많은가요?

그런 생각에 빠질수록 죄책감 혹은 자부심을 느끼나요? 억울하거나 화가 나나요? 아니면 후회가 되거나 자기 연민에 사로잡히나요? 그렇다면 당신은 그릇된 자아감각을 강화할 뿐만 아니라 마음 안에 과거를 쌓아놓음으로써 몸의 노화를 재촉하고 있는 것입니다. 당신 주변에 과거에 얽매여 벗어나지 못하는 사람들을 지켜보면 이 말의 의미를 확인할 수 있을 겁니다.

매 순간 과거를 떠나보내야 합니다. 당신에게 과거는 필요하지 않습니다. 현재의 순간과 관련해서 반드시 필요한 경우에만 과거에 주목하세요. 이 순간의 힘을, 존재의 충만함을 느껴보세요. 당신의 현존을 느끼세요.

걱정거리를 끌어안고 있습니까? '만약 그런 일이 일어나면 어떻게 하지'라고 수도 없이 생각하나요? 그렇다면 당신은 자신을 마음과 동일시하고 있는 것입니다. 그리고 당신의 마음은 상상에 불과한 미래 상황에 자신을 투영하여 두려움을 만들어내고 있습니다. 미래의 상황에 대처할 수 있는 방법은 없습니다. 왜냐하면 그것은 존재하지 않기 때문입니다. 미래는 마음의 환영에 불과합니다.

현재의 순간을 인정하는 것만으로도 건강과 삶을 갉아 먹는 이런 광기를 간단하게 멈출 수 있습니다.

당신의 호흡을 느껴보세요. 들이마시고 내쉬는 공기의 흐름을 인식하세요. 그리고 당신 내면의 에너지 장을 느껴보세요. 당신이 해결하고 처리해야 할 모든 것은 마음의 상상이 투영된 미래가 아닌 지금 이 순간입니다.

지금 이 순간 당신에게 어떤 '문제'가 있는지 물어보세요. 내년이나 내일 혹은 5분 후가 아닌, 지금 이 순간 당신에게 문제가 되는 것은 무엇입니까?

지금 이 순간에 대해서는 언제나 대처할 수 있습니다. 그러나 미래에 대해서는 손을 써볼 도리가 없고, 그럴 필요도 없습니다. 당신이 찾고 있는 해답, 용기, 올바른 행동이나 자원은 이전도 아니고 이후도 아닌, 당신이 원하는 순간에 언제나 그곳에 있을 겁니다.

혹시 습관적으로 무언가를 '기다리고' 있습니까? 지금까지 무언가를 기다리는 데 얼마나 많은 시간을 낭비했습니까? 우체국에서, 교통 체증으로 꽉 막힌 도로에서, 공항에서 줄을 서서 자신의 차례를 기다리거나 누군가가 도착하기를, 일이 끝나기를 기다렸을 겁니다. 이것은 '짧은 기다림'입니다.

'긴 기다림'은 다음번 휴가를, 더 나은 직장을, 아이들이 커가는 것을, 진실로 의미 있는 관계를, 성공하고 부자가 되고 중요한 사람이 되는 것을, 깨달음을 얻기를 기다리는 것입니다. 인생 전부를 삶을 시작하기 위해 기다리는 데 허비하는 경우를 어렵지 않게 찾아볼 수 있습니다.

기다림은 마음의 상태입니다. 근본적으로 기다림이란 현재가 아닌 미래를 원하는 것입니다. 자신이 갖고 있는 것을 원하지 않고, 갖지 못한 것을 원하는 것입니다. 모든 종류의 기다림은 당신이 원하지 않는 지금 이 순간과 당신의 기대가 투영된 미래 사이에서 무의식적으로 내면의 갈등을 만들어내고 있습니다. 그러면 현재를 잃어버리고 삶의 질은 크게 떨어지게 됩니다.

예를 들면, 많은 사람들은 자신들의 삶이 풍요롭기를 기다립니다. 그러나 그것은 미래로부터 오는 것이 아닙니다. 지금 이 순간의 현실, 다시 말해 당신이 어디에 존재하며, 누구이고, 지금 무엇을 하고 있는지를 존중하고, 인정하며, 완전히 받아들이세요. 당신이 가진 것을 모두 받아들일 때, 당신이 가진 것에 대해, 있는 그대로의 당신에 대해 그리고 당신의 존재에 대해 감사하게 됩니다. 현재의 순간에 감사하면서 지금 이 순간 충만한 삶을 사는 것이 진정으로 풍요로운 삶입니다. 그것은 미래가 가져다주지 않습니다. 이 순간을 온전히 받아들일 때, 풍요로운 삶은 다양한 방식으로 당신에게 모습을 드러낼 겁니다.

당신이 가진 것에 만족하지 못하거나 현재 당신에게 결핍된 것에 대해 좌절하고 분노한다면, 그것은 부를 축적하기 위한 동기가 될 수 있을 겁니다. 그러나 수백만 달러를 벌어도 내면으로는 계속 결핍을 느끼고, 충족되지 않은 내면의 결핍에 대해 불만을 토로하게 될 겁니다. 돈으로 다양하고 흥미로운 경험을 살 수도 있지만, 그런 순간적인 즐거움은 언제나 더 큰 공허함을 느끼게 할 뿐입니다. 그리고 결국 더 많은 신체적, 심리적 만족감을 추구하게 됩니다. 그러다 보면 결국 이 순간에 머물며 삶의 충만함을 느끼는 진정한 풍요로움은 누릴 수 없게 됩니다.

기다림의 마음 상태에서 벗어나세요. 자신이 기다림으로 빠져든다고 생각되면, 재빨리 그 상태에서 빠져나와야 합니다. 현재의 순간으로 돌아오세요. 그저 존재하며, 존재함 그 자체를 즐기세요. 현재에 머물고 있다면, 무언가를 기다릴 필요가 전혀 없습니다.
다음에 누군가가 "기다리게 해서 미안합니다"라고 말한다면, 이렇게 대답할 수 있을 겁니다. "괜찮아요. 기다리지 않았어요. 그냥 서서 나 자신을 즐기고 있었을 뿐이에요."

마음은 습관적으로 지금 이 순간을 부정하려고 하지만,

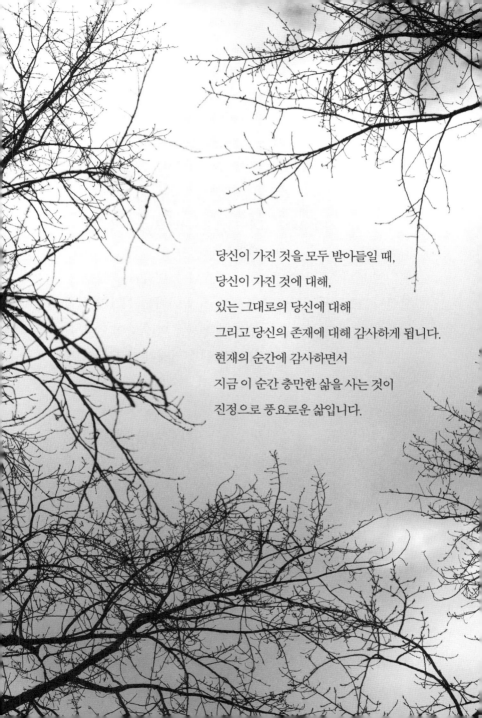

당신이 가진 것을 모두 받아들일 때,

당신이 가진 것에 대해,

있는 그대로의 당신에 대해

그리고 당신의 존재에 대해 감사하게 됩니다.

현재의 순간에 감사하면서

지금 이 순간 충만한 삶을 사는 것이

진정으로 풍요로운 삶입니다.

그것은 일상적인 무의식의 일부일 뿐입니다. 대부분의 사람들은 무의식을 간과하거나 당연하게 여기기 십상인데, 평범한 생활의 밑바닥에도 불만이 끊임없이 흐르고 있기 때문입니다. 그러나 내면의 정신적, 감정적 상태를 주시하는 연습을 할수록, 무의식의 상태인 과거나 미래에 사로잡혀 있다는 사실을 더 쉽게 깨닫고, 시간의 꿈에서 깨어나 현재의 순간으로 돌아오게 됩니다.

그러나 주의해야 할 것이 있습니다. 마음과 자신을 동일시함으로써 만들어진 불행한 거짓 자아는 시간의 지배를 받고 있습니다. 그 거짓 자아는 지금 이 순간이 곧 자신의 죽음이라는 것을 잘 알고 있으며, 현재의 이 순간이 자신을 위협한다고 느낍니다. 따라서 현재의 순간에서 당신을 끌어내서 시간에 묶어두려고 안간힘을 쓸 것입니다.

어떤 의미에서 현재의 상태는 기다림에 비유할 수 있습니다. 하지만 이는 앞에서 말한 것과는 질적으로 다른 종류의 기다림, 다시 말해 완전히 깨어 있는 상태의 기다림입니다. 언제든 어떤 일이 일어날 수도 있는 상태에서 당신이 완전히 깨어 있지 않거나 순수한 고요 속에 머물지 못한다면, 현재를 놓칠 수도 있습니다. 현존의 상태에서 당신은 지금 이 순간에 완전히 집중하고 있습니다. 백일몽이나 생각, 기억, 기대 같은 것은 모두 사라지고 남아 있지 않습니다. 그 순간에는 긴장도 두려움도 없으며, 그저 생생한 현재만이 있을 뿐입니다. 온몸과 몸 속의 세포 하나하나까지 당신은 온전한 존재로 현존합니다.

그 상태에서는 과거와 미래를 가진 '당신', 말하자면 인격체로서의 '당신'은 더 이상 없습니다. 그렇지만 소중한 것은 없어지지 않습니다. 당신의 본질 역시 그대로 남아 있습니다. 사실 당신이 이때보다 더 온전한 자기 자신이었던 적은 없습니다. 당신이 진정으로 당신 자신일 수 있는 유일한 시간은 지금 이 순간뿐입니다.

현존하는 힘

당신 안에 있는 무의식적인 과거에 대해서 알고자 하

면, 현재가 힘들어질 뿐입니다. 과거에 집착할수록, 바닥이 없는 구덩이에 빠진 것 같은 느낌만 강해집니다. 과거를 이해하거나 과거로부터 자유로워지기 위해서 시간이 더 많이 필요하다고 생각할 수도 있습니다. 미래가 과거로부터 당신을 자유롭게 해줄 거라 기대할 수도 있습니다. 그러나 그것은 환상입니다. 오로지 현재만이 당신을 과거로부터 자유롭게 할 수 있습니다. 시간이 지난다고 해서 그 시간에서 자유로워지는 것은 아닙니다.

지금 이 순간의 힘에 가까이 다가가세요. 그것이 열쇠입니다. 지금 이 순간의 힘은 다름 아닌 생각을 벗어난 의식, 바로 현존의 힘입니다. 그러므로 지금 이 순간의 차원에서 과거를 생각해야 합니다. 과거에 주의를 기울일수록 과거는 더 강력해지고, 점점 더 과거를 자아와 동일시하게 됩니다.

한 가지 분명하게 이야기해 둘 것은, 주의를 기울이는 것이 중요하지만 이전처럼 과거에 집중해서는 안 됩니다. 오직 현재에 집중하세요. 현재 이 순간의 행동, 반응, 기분,

생각, 감정, 두려움, 욕망에 주목하세요. 물론 과거는 당신의 내면에 있습니다. 그러나 충분히 현재에 존재하는 상태에서 비판하거나 분석하지 말고 아무런 판단도 내리지 않은 채 이 모든 것을 관찰한다면, 현존의 힘을 통해 과거를 다루고 과거를 사라지게 할 수 있습니다.

과거에 얽매인 상태에서는 자신을 찾을 수 없습니다. 지금의 순간으로 들어갈 때, 비로소 자신을 발견할 수 있습니다.

05

보이지 않는 존재와 만나다

이름 없는 본질

자연의 아름다움, 웅장함, 신성함을 의식하려면 현재에
존재해야 합니다. 맑게 개인 날 밤, 그 완벽한 고요함과 상
상도 할 수 없는 광활함에 압도되어 무한한 우주 공간을
응시해본 적이 있나요? 숲 속을 흐르는 계곡물 소리에 진

심으로 귀 기울여본 적이 있나요? 조용한 여름 저녁, 해가 질 무렵에 찌르레기 울음소리를 들어본 적이 있나요?

이런 아름다움을 깨달으려면 마음이 고요해져야 합니다. 잠시 동안 개인적인 고민, 과거와 미래 때문에 짊어지고 있는 짐, 그리고 당신의 모든 지식까지도 내려놓아야 합니다. 그렇지 않으면 보아도 보지 못하고, 들어도 듣지 못합니다. 당신의 온전한 현재가 필요합니다.

외적 형상의 아름다움 너머에 이름을 붙일 수도 말로 표현할 수도 없는 어떤 것, 내면의 깊은 곳에 자리잡은 성스러운 본질이 있습니다. 아름다움이 있는 곳이면 언제 어디서나 내면의 본질이 밝게 빛납니다. 당신이 현존하는 순간, 그것은 자신의 모습을 드러냅니다.

이 이름 없는 본질과 당신의 존재가 하나이며 동일한 것일까요?

당신의 존재가 없어도 그것이 그 자리에 있을까요?

그 본질로 깊이 들어가세요. 그리고 당신 자신을 찾아내세요.

몸 안으로 스며들다

마음을 관찰할 때마다, 당신의 의식은 마음이 만드는 형상으로부터 떨어져나와 자유로워집니다. 그 순간 당신은 관찰자 혹은 증인이 됩니다. 그리고 형상을 초월한 순수 의식으로서 관찰자는 더 강해지고, 마음은 쇠약해집니다.

마음을 지켜본다는 것에 대해 개인적 관점에서 이야기하고 있지만, 사실 그것은 우주적으로 중요한 의미를 지닌 사건입니다. 왜냐하면 당신을 통해 의식이 형상과 자신을 동일시하는 환상에서 깨어나며, 그 형상으로부터 자유로워지기 때문입니다. 이는 아마도 연대기적 시간으로 아주 먼 미래에 일어날 사건에 대한 암시이자, 이미 그 사건의 일부를 보여주는 것이기도 합니다. 그 사건은 다름 아닌 세상의 종말입니다.

매일매일의 삶에서 현재에 존재할 때, 자신의 내면에 깊이 뿌리내릴 수 있습니다. 그렇지 않으면 엄청난 속도를 가진 마음이 마치 휘몰아치는 강처럼 당신을 휩쓸어갈 것입니다.

내면에 뿌리내린다는 것은 자신의 몸에 온전히 머무는 것을 의미입니다. 또한 의식의 일부를 항상 몸 안의 에너지 장에 쏟는 것이며, 내면으로부터 몸을 느끼는 것입니다. 몸을 의식하면 현재에 머물게 됩니다. 그리고 지금 이 순간에 닻을 내리게 됩니다.

보고 만질 수 있는 몸은 당신을 진정한 존재로 이끌어주지 못합니다. 볼 수 있고 만질 수 있는 몸은 그저 껍데기에 불과하며, 깊은 실재를 제한하고 왜곡해서 지각하게 할 뿐입니다. 존재와 연결된 본질적인 상태에서는 보이지 않는 내부의 몸 안에 생기 넘치는 생명을 가진 존재로서 매 순간 좀 더 깊은 실재를 느낄 수 있습니다. 그래서 '몸 안에 머문다'는 건 내면으로부터 자신의 몸과 그 몸 안에 살아 있는 생명을 느끼면서 자신이 외적 형상 너머에 있음을 알게 되는 것입니다.

마음에 온통 정신을 쏟고 있는 한, 당신은 존재와 단절

될 수밖에 없습니다. 대부분의 사람들이 항상 그렇듯이 이런 상태에서는 자신의 몸 안에 스며들지 못합니다. 마음이 모든 의식을 사로잡고 점령해버립니다. 그리고 당신은 생각을 멈출 수 없게 됩니다.

존재를 의식하려면, 마음으로부터 의식을 되찾아야 합니다. 이것이 영적 여행에서 가장 중요한 과제입니다. 이를 통해 부질없고 강박적인 생각에 사로잡혀 있던 수많은 의식은 자유를 얻을 수 있습니다. 이를 효과적으로 실행할 수 있는 방법은 간단합니다. 생각이 아닌 몸으로 관심을 돌리는 것입니다. 그러면 몸을 통해서 육체에 생명을 불어넣는, 눈에 보이지 않는 에너지 장으로 존재를 느낄 수 있습니다.

내부의 몸을 느낀다는 것

지금 당신의 몸 안에 머무는 연습을 해보세요. 눈을 감은 채로 하는 것이 도움이 됩니다. 나중에 '몸 안에 머무는 것'이 자연스럽고 편안해지면, 더 이상 눈을 감지 않아도 됩니다.

당신의 몸 안에 주의를 기울여보세요. 내부로부터 몸을 느껴보세요. 생생하게 살아 있는 것이 느껴지나요? 손, 팔, 다리 그리고 발과 복부, 가슴에서 생명이 느껴지나요?

에너지 장이 몸 전체로 스며들어 모든 장기와 모든 세포에 생기를 불어넣는 것이 느껴지나요? 동시에 몸의 모든 부분에서 동일한 에너지 장이 느껴지나요?

잠시 몸 안의 느낌에 집중해보세요. 그 느낌에 대해 어떤 생각도 하지 마세요. 그냥 느껴야 합니다.

깊이 집중할수록 이 느낌은 더 분명하고 강해집니다. 마치 모든 세포가 더욱 생생하게 살아나는 것처럼 느껴질 겁니다. 만약 시각에 민감한 사람이라면 몸에서 빛이 발산되는 이미지를 떠올려볼 수도 있습니다. 하지만 그런 이미지가 일시적으로 도움이 된다고 하더라도 이미지보다는 느낌에 더 집중하는 것이 좋습니다. 이미지는 아무리 아름답고 강력하다고 해도 이미 형상으로 규정된 것이기 때문에 당신의 몸에 더 깊이 스며들지 못합니다.

신과 세상을 이어주는 다리

다음의 명상법을 따라하면서 몸 안으로 조금 더 깊이 들어가보세요. 10분 혹은 15분 정도면 충분합니다.

우선 방해가 될 만한 외부 요인을 차단하세요. 전화벨, 초인종이 울리거나 다른 사람들이 방해하지 않도록 합니다. 그런 다음 의자에 앉으세요. 등을 기대지 말고 척추를 똑바로 세웁니다. 이렇게 하면 맑은 정신을 유지하는 데 도움이 됩니다. 아니면 자신에게 편안한 자세를 취하고 명상을 해도 좋습니다.

몸의 긴장을 풀고 눈을 감으세요. 그리고 몇 차례 깊게 심호흡을 합니다. 그러면서 아랫배로 호흡을 하는 것을 느껴보세요. 숨을 들이쉬고 내쉴 때마다 아랫배가 불러오고 가라앉는 것을 지켜보세요.

그리고 몸 안의 에너지 장 전체를 느껴보세요. 어떤 생각도 하지 말고, 그냥 느끼세요. 그렇게 하면 마음으로부터 의식을 되찾게 될 겁니다. 도움이 된다면, 앞에서 이야기했던 빛의 이미지를 이용해보세요.

몸의 내부에서 하나의 에너지 장이 분명하게 느껴진다면, 이제 시각적 이미지를 버리고 느낌에만 온전히 집중하세요. 가능하다면 당신의 육체에 대해 가지고 있는 마음의 이미지도 모두 버리세요. 그러면 존재나 '있음'에 대한 감각, 모든 것을 포용하는 감각만이 남게 됩니다. 그리고 몸의 내부에서 경계가 사라지는 것을 느낄 수 있습니다.

이제 그 느낌에 좀 더 깊이 집중하세요. 그것과 하나가 되세요. 에너지 장과 하나가 되면 관찰자와 관찰당하는 사람, 당신과 당신 몸이 분리되어 있다는 생각도 사라집니다. 내면과 외면 사이의 구분도 완전히 없어집니다. 더 이상 몸의 내부도 있을 수 없습니다. 몸 안으로 깊이 들어가서 몸을 초월하는 겁니다.

편안하게 순수한 존재의 영역 안에 머무르세요. 몸과 호흡, 몸의 감각을 다시 자각하면서 눈을 뜹니다. 명상 자세로 잠시 동안 주변을 둘러봅니다. 마음으로 주변 상황을 분별하지 말아야 합니다. 그리고 몸의 내면을 계속 느껴보세요.

이렇게 형상이 없는 영역으로 다가간다는 건 진정한 자유를 얻는 것입니다. 이는 더 이상 당신을 형상과 동일시하지 않고, 형상의 속박으로부터 벗어나는 것을 의미합니다. 우리는 그것을 비현현非現現, 모든 것의 보이지 않는 근원, 모든 존재 안의 존재라고 부릅니다. 그것은 깊은 고요함과 평화의 영역이며, 기쁨과 강렬한 살아 있음의 영역입니다. 당신이 현존하는 순간마다 이 근원에서 뿜어져 나오는 순수한 의식의 빛으로 조금씩 '투명해'집니다. 그리고 이 빛이 당신의 존재와 분리되어 있지 않으며, 곧 당신의 본질임을 깨닫게 됩니다.

의식이 외부를 향하면 마음과 세상이 생겨납니다. 하지만 의식이 내면을 향하면, 의식은 자신의 근원을 깨닫고, 드러나지 않는 비현현으로 집으로 돌아오게 됩니다.

의식이 다시 가시적인 세계로 돌아오면, 잠시 떠나 있던 형상으로서의 정체성이 다시 드러납니다. 가시적 세계에서 당신에게는 이름이 있고, 과거와 지금의 상황과 미래가 있습니다. 그러나 본질적으로 당신은 과거의 당신이 아닙니다. 희미하게나마 내면에서 '이 세상의 것'이 아닌 진정한 본질을 볼 수 있게 되었기 때문입니다. 비록 세상이 당신으로부터 분리되지 않은 것처럼, 이 현실도 세상과 분리되지 않을지라도 말입니다.

이제 다음과 같은 영적 수행을 해보세요.

매일매일의 삶에 충실하되, 외부 세계와 마음에만 백퍼센트 집중해서는 안 됩니다. 당신의 내면에도 일정 정도 주의를 기울이세요.

일상적인 활동을 할 때, 특히 사람과 만나거나 자연을

접할 때 내부의 몸을 느껴보세요. 내면 깊은 곳으로부터 고요함을 느끼세요. 그리고 항상 문을 열어두세요.

일상생활 속에서도 드러나지 않고 가시화되지 않는 세계를 느낄 수 있습니다. 외부에서 어떤 일이 벌어지든, 밑바닥 어딘가에 있는 깊은 평화와 결코 당신을 떠나지 않는 고요함을 느낄 수 있습니다. 그리고 당신은 드러난 것과 드러나지 않은 것을, 신과 세상 사이를 이어주는 다리가 됩니다.

이것이 우리가 깨달음이라고 부르는, 근원과 연결된 상태입니다.

내면에 뿌리내리기

명상의 핵심은 내부의 몸과 영원히 연결되어 있으면서, 언제나 그것을 느끼는 데에 있습니다.

그러면 당신의 삶은 빠른 속도로 깊이를 더해가며 변

화할 것입니다. 조광 스위치를 올리면 전기의 흐름이 증가하며 빛이 더 밝아지듯이, 내부의 몸을 자각할수록 의식의 주파수도 높아집니다. 이런 높은 에너지 차원에서는 부정적인 생각이나 감정이 더 이상 영향을 미치지 못합니다. 그리고 당신은 더 높은 주파수를 반영하는 새로운 상황을 끌어들이게 됩니다.

가능한 한 많이 그리고 지속적으로 몸에 관심을 기울이면, '지금 이 순간'에 닻을 내리게 됩니다. 그러면 외부 세계에서도, 당신 마음 안에서도 스스로를 잃어버리지 않을 것입니다. 생각과 감정, 두려움과 욕망이 어느 정도는 여전히 남아 있겠지만, 그런 것들에 지배당하지는 않을 겁니다.

지금 이 순간 당신이 어디에 관심을 두고 있는지 살펴보세요. 나의 말을 듣고 있거나 이 책을 읽고 있겠지요. 당신은 그 일에 집중하고 있는 것입니다. 혹은 주변 상황이나 다른 사람들을 일정 정도 의식하고 있을 수도 있습니다. 더 나아가 당신이 듣거나 읽은 것에 대해서 마음으로 판단하는 마음의 활동이 일어나고 있을지도 모릅니다.

그러나 그중 하나에 모든 정신을 쏟을 필요는 없습니
다. 몸의 내부에도 동시에 집중할 수 있는지 확인하세
요. 어느 정도는 내면에 관심을 가지고 있어야 합니다.
온통 밖으로만 관심을 흐르게 두어서는 안 됩니다. 온
몸을 하나의 에너지 장으로 느껴보세요. 이것은 마치
온몸으로 듣거나 읽는 것과 같습니다. 앞으로 며칠 혹
은 몇 주 동안 이것을 연습해보세요.

마음과 외부 세계에 모든 관심을 쏟아서는 안 됩니다.
지금 하는 일에 집중하면서, 할 수 있을 때마다 내부의
몸을 느껴보세요. 당신의 내면에 깊이 뿌리내리세요.
그리고 당신의 의식 상태가 어떻게 바뀌며, 당신이 하
는 일이 질적으로 어떻게 변화하는지 지켜보세요.

나의 말을 그대로 받아들이거나 완전히 거부하지 말고,
시험 삼아 직접 해보세요.

자기치유를 위한 명상

몸에 대해 의식할수록 물리적 육체의 면역 체계도 강해집니다. 따라서 몸을 의식하고 내부의 몸에 머무는 것은 효과적인 자기치유법이 될 수 있습니다. 대부분의 질병은 당신이 몸 안에 머물지 않을 때 발생하기 때문입니다. 면역 체계를 강화할 수 있는 간단하고도 강력한 자기치유 명상법이 있습니다. 이 방법은 질병의 초기 증상을 느낄 때 사용하면 특히 효과적입니다. 그러나 병이 이미 상당히 진전된 상태에서도 이 방법을 규칙적이고 집중적으로 사용하면 효과를 얻을 수 있습니다. 또한 어떤 부정적 감정이나 생각이 에너지 장을 파괴하는 걸 막아줍니다.

하지만 이 명상법이 매 순간 몸 안에 존재하는 연습을 대체하는 것은 아닙니다. 따라서 몸 안에 존재하는 연습을 하지 않으면, 명상법의 효과는 일시적인 것에 불과할 겁니다. 명상법은 다음과 같습니다.

잠시 아무것도 하지 않을 때, 특히 잠들기 전과 아침에 자리에서 일어났을 때 몸에 의식이 '흐르도록' 합니다. 우선 눈을 감고 평평한 바닥에 등을 대고 눕습니다. 처음에는 몸의 여러 부위, 손, 발, 팔, 다리, 배, 가슴, 머리 등 신체 부분 중에서 한 곳을 선택하여 잠깐 동안 온전히 집중하세요. 가능한 한 최대로 집중하여 신체의 각 부분에서 삶의 에너지를 느껴보세요. 각각의 신체 부분에 15초씩 집중합니다.

그런 후에 마치 물결이 흐르듯 몸 전체에 의식이 흐르게 하십시오. 발끝에서 머리까지, 다시 거꾸로 머리에서 발끝까지 의식이 흐르게 하세요. 1분 정도면 충분할 겁니다. 그러고 나서 하나의 에너지 장으로 내부의 몸을 전체적으로 느끼고, 그 느낌을 몇 분 동안 유지합니다. 이 모든 과정에서 당신은 물론이고 세포 하나까지도 강력하게 현존해야 합니다.

간혹 마음이 몸에서 관심을 돌려 당신을 생각에 빠지게 할 수도 있지만 걱정할 필요는 없습니다. 그것을 자각하는 즉시 내부의 몸으로 주의를 돌리면 됩니다.

몸 전체로 생각하기

만약 특정한 목적으로 마음을 사용해야 할 때에는 마음을 내부의 몸과 연결해서 사용하세요. 생각을 하지 않는 상태에서 의식이 깨어 있을 때에만 창조적으로 마음을 사용할 수 있습니다. 그리고 이 상태로 들어갈 수 있는 가장 손쉬운 방법은 몸을 이용하는 것입니다.

어떤 문제에 대한 해답이나 해결 방법, 창조적인 아이디어가 필요한 순간마다, 잠시 생각을 멈추고 내부의 에너지 장에 주의를 집중하세요. 고요함을 깨달으세요. 그런 다음 다시 생각하기 시작하면, 새롭고 창조적인 아이디어를 얻을 수 있을 겁니다. 어떤 생각을 하더라도, 생각과 내면의 소리 듣기 그리고 내면의 고요함 사이를 몇 분마다 오가는 연습을 하세요.

이 과정은 한마디로 말하면 '머리로만 생각하지 마라. 몸 전체로 생각하라'라고 할 수 있습니다.

의식의 바다를 떠올리다

내부의 몸에 집중하기 어려울 때에는 우선 호흡에 집중하면 좀 더 수월하게 내부의 몸에 집중할 수 있습니다. 의식적으로 호흡하는 것은 그 자체로 강력한 명상이며, 그 과정을 통해 서서히 몸과 만날 수 있습니다.

주의를 기울여 호흡을 따라가보세요. 몸 안으로 몸 밖으로 공기가 이동합니다. 몸으로 숨을 쉬세요, 그리고 숨을 들이마시고 내쉴 때마다 복부가 미세하게 팽창하고 수축하는 것을 느끼세요.

이미지를 떠올리는 것이 도움이 된다고 생각되면 눈을

감으세요. 그리고 자신이 빛에 둘러싸여 있거나 의식의 바다인 발광체에 잠겨 있는 모습을 떠올려보세요. 빛 속에서 숨을 쉬세요. 발광체가 당신의 몸을 가득 채우며 빛나게 하는 것을 느끼세요.

천천히 그 느낌에 좀 더 집중하세요. 어떤 시각적 이미지에도 집착해서는 안 됩니다. 당신은 이제 몸 안에 있습니다. 지금 이 순간의 힘에 다가가고 있습니다.

2.
—
고통에서
벗어나는
길

사랑은 존재의 상태입니다.
사랑은 외부가 아닌,
당신의 내면 깊숙한 곳에 있습니다.
당신은 결코 사랑을 잃을 수 없고,
사랑도 당신을 떠날 수 없습니다.
사랑은 다른 사람의 육체와 같은
어떤 외적 형태에 의존하지도 않습니다.

06

고통이 사라지는 순간

고통의 두 얼굴

인간 고통의 대부분은 불필요한 것들입니다. 당신이 마음의 관찰자가 되지 못하고 마음의 지배를 받는 한 고통은 계속 생겨납니다. 고통이 생겨나는 이유는 있는 그대로를 받아들이지 않거나 그것에 무의식적으로 저항하기 때문입니다.

저항은 생각의 차원에서는 판단의 형태로 나타나며, 감정의 차원에서는 부정적으로 표현됩니다. 고통의 강도는 현재의 순간에 얼마나 저항하느냐에 달려 있고, 얼마나 강력하게 마음과 자신을 동일시하느냐에 따라 달라집니다. 마음은 항상 지금 이 순간을 부정하려 하고, 그것으로부터 벗어나려 합니다.

말하자면, 마음과 자신을 더 많이 동일시할수록, 고통은 더 심해집니다. 그러나 지금 이 순간을 존중하고 받아들인다면, 고통과 괴로움 그리고 에고의 지배를 받는 마음으로부터 자유로워질 수 있습니다.

어떤 영적 가르침은 모든 고통이 궁극적으로 환상일 뿐이라고 말합니다. 맞는 말입니다. 문제는 이 말이 당신에게도 진리인가 하는 점입니다. 그저 믿는 것만으로 저절로 당신에게 진리가 되지는 않습니다. 나머지 인생을 고통 속에서 살면서도 그것은 그저 환상일 뿐이라고 우길 셈입니까? 당신이 환상이라고 우긴다고 해서 고통에서 벗어날 수 있을까요? 여기에서 우리는 이 진리를 깨달을 수 있는가에 대해 말하려고 합니다. 다음의 내용을 스스로 경험하여 현실로 만드세요.

스스로를 마음과 동일시하는 한, 다시 말해 영적인 의미에서 무의식 상태에 있는 한, 고통을 피할 수는 없습니다. 여기에서는 주로 감정적 고통에 대해 말하려고 하는데, 감정적 고통은 신체의 고통과 질병의 주요한 원인입니다. 원한, 증오, 자기연민, 죄의식, 분노, 우울, 질투는 물론이고 심지어 가벼운 조바심마저도 서로 다른 형태의 고통일 뿐입니다. 쾌락이나 감정적 도취는 고통의 씨앗을 품고 있으며, 시간이 지나면서 고통은 모습을 드러냅니다.

'황홀감'을 얻기 위해 마약을 복용하는 사람들은 순간의 황홀감이 금세 나락으로 떨어지며 쾌락이 견디기 힘든 고통으로 바뀌는 경험을 합니다. 또한 수많은 사람들이 쾌락에서 시작된 애정 관계가 얼마나 순식간에 고통의 원인으로 변하는지 경험을 통해 잘 알고 있습니다. 한 차원 더 높은 곳에서 바라보면, 부정과 긍정의 양극단은 동전의 양면과 같으며, 두 가지 모두 마음과 동화된 에고의 의식 상태와 분리할 수 없는 근원적인 고통의 일부입니다.

고통에는 두 종류가 있습니다. 지금 이 순간 당신이 만들고 있는 고통, 그리고 여전히 당신의 마음과 몸 안에 생생히 살아 있는 과거에서 비롯된 고통이 그것입니다.

지금 이 순간의 힘에 다가가지 못한 상태에서 당신이 경험한 모든 감정적 고통은 당신 안에 살아 있는 고통의 앙금을 남깁니다. 그 앙금은 이미 그곳에 자리하고 있던 과거의 고통과 합쳐져서 당신의 마음과 몸 안에 자리 잡습니다. 물론 그중에는 어린 시절 이 세계에 대해 무지했기 때문에 겪었던 고통도 포함되어 있습니다.

그리고 이렇게 축적된 고통은 부정적인 에너지 장을 만들어 당신의 몸과 마음을 지배합니다. 만약 당신이 이 부정적 에너지 장을 그 자체로 권리를 지닌, 보이지 않은 실체로 바라볼 수 있다면, 진실에 매우 가까이 접근하고 있는 것입니다. 이것이 바로 감정적 고통체입니다.

고통체는 휴면기와 활동기의 두 가지 상태로 존재합니다. 고통체는 시간의 90퍼센트는 휴면 상태에 있을지도 모릅니다. 하지만 불행한 상황에 처한 사람은 고통체가 100

퍼센트 활동 상태에 있는 경우도 있습니다. 어떤 사람들은 인생의 거의 대부분을 고통체를 겪으며 살아가는 반면 어떤 사람들은 절친했던 이들이나 과거의 어떤 상황으로부터 상실이나 버림받는 경험을 했을 때 혹은 신체적, 감정적으로 상처를 입은 경우처럼 특정한 상황에서만 고통체를 경험합니다.

무엇이든 고통체를 촉발할 수 있습니다. 특히 과거의 고통 패턴을 상기시키는 경우에는 더욱 그렇습니다. 휴면기에서 깨어날 준비가 된 상태에서는, 문득 떠오른 생각이나 가까운 누군가가 악의 없이 한 말에도 고통체는 활동 상태로 넘어갈 수 있습니다.

에고의 어두운 그림자, 고통체

고통체는 당신이 그것을 직접 관찰하여 있는 그대로 보는 것을 원하지 않습니다. 당신이 고통체를 관찰하고, 내면에서 그 에너지 장을 느끼고, 그것에 관심을 두는 순간, 고통체와 동일화된 상태에서 벗어날 수 있습니다.

그리고 더 높은 차원의 의식이 들어옵니다. 저는 이것을 '현존'이라고 부릅니다. 현존의 상태에서 당신은 고통체를 목격하며 관찰하는 사람이 됩니다. 그러면 고통체는 당신인 척 가장하면서 당신을 이용할 수 없으며, 당신을 통해 더 이상 에너지를 얻을 수도 없습니다. 그리고 비로소 당신은 내면의 강인함을 발견하게 됩니다.

어떤 고통체는 마치 떼를 쓰는 아이처럼 다소 불쾌하게 느껴지기도 하지만 해를 끼치지는 않기도 합니다. 하지만 사악하고 파괴적인 괴물이나 진정한 악마 같이 느껴지는 고통체도 있습니다. 어떤 경우에는 신체에 폭력을 가하기도 하지만, 감정적인 폭력을 행사하는 경우가 훨씬 많습니다. 어떤 것은 당신 주변 사람이나 당신과 가까운 사람들을 공격하고, 어떤 것은 당신을 공격하기도 합니다. 그러면 당신이 삶에 대해 갖고 있는 생각과 감정은 매우 부정적이고 파괴적으로 변합니다. 질병과 사고는 이런 상태에서 발생하곤 합니다. 심각한 경우에는 고통체에 시달리다 자살을 하기도 합니다.

잘 안다고 생각했던 사람들이 갑자기 이질적이고 험악한 모습을 보일 때에는 큰 충격을 받기도 합니다. 그럴 때에는 상대방보다는 당신의 내면에도 그런 모습이 있는지 관찰하는 것이 훨씬 더 중요합니다.

어떤 형태든 당신의 내면에 불행의 징후가 나타나는지 살펴보세요. 그것이 당신의 고통체를 깨우고 있는지도 모릅니다. 고통체는 짜증, 조급함, 우울한 분위기나 상처, 화, 분노, 우울에 대한 갈망, 극적인 인간관계를 필요로 하는 것과 같은 형태로 잠재되어 있습니다. 고통체가 휴면기에서 깨어나는 순간을 알아차려야 합니다.

존재하기 위해 애쓰는 모든 독립체와 마찬가지로 고통체도 살아남으려 안간힘을 씁니다. 그러나 고통체는 당신이 무의식적으로 그것과 동일시할 때만 살아남을 수 있습니다. 당신과 동일화되는 순간, 고통체는 깨어나서 당신을 지배하고, '당신이 되려 하고', 당신을 통해 살아갑니다.

고통체는 당신을 통해서 생존에 필요한 양분을 얻습니다. 자신과 같은 종류의 에너지를 연상시키는 어떤 경험들, 가령 화, 파괴, 증오, 슬픔, 감정적 사건, 폭력, 심지어 질병의 모습으로 더 많은 고통을 만들어내는 것이라면 무엇이라도 그것들을 먹고살아갑니다. 그래서 고통체가 당신을 지배하면, 그것은 먹고살기 위해 자신과 같은 주파수를 가진 상황을 당신의 인생에 만들어내려 합니다. 고통은 오로지 고통만을 먹고살아갑니다. 고통은 기쁨을 먹고살 수 없습니다. 고통은 기쁨을 소화할 수 없기 때문입니다.

일단 고통체가 당신을 지배하면, 당신은 더 많은 고통을 원하게 됩니다. 그래서 고통체의 희생양이나 하수인이 되어 자신에게 고통을 가하거나 스스로 고통을 겪기를 바랍니다. 혹은 두 가지 모두를 원하는 경우도 있습니다. 사실 고통을 주는 것과 고통을 겪는 것 사이에는 커다란 차이가 없습니다. 물론 이것을 의식하지 못하고 당신은 고통을 원하지 않는다고 격렬하게 반발할 겁니다. 그러나 자세히 들여다보면 자신을 위해서든 다른 사람을 위해서든 당신의 생각과 행동이 지속적으로 고통을 유지하려 한다는 것을 알 수 있습니다. 이것을 진정으로 자각하게 되면, 고통의 패턴은 사라집니다. 왜냐하면 더 많은 고통을 원한다는 건 미친 짓이며, 의식적으로 미친 상태에 있는 사람은 아무도 없기 때문입니다.

에고의 어두운 그림자인 고통체는 의식의 빛을 두려워합니다. 자신의 정체가 탄로나는 것을 두려워하고 있습니다. 고통체는 당신의 무의식과 동일화될 때, 그리고 당신이 내면에 살아 있는 고통과 마주하는 걸 무의식적으로 두려워할 때에만 살아남을 수 있습니다. 고통체를 마주하지 않고 고통에 의식의 빛을 비추지 않으면, 고통체는 계속 살아날 수밖에 없습니다.

고통체가 바라보는 것조차 두려운 위험한 괴물처럼 느껴질지도 모릅니다. 그러나 장담하건대 그것은 현존의 힘에 대항할 수조차 없는 공허한 유령에 불과합니다.

당신이 관찰자가 되어 고통체와 동일화된 상태에서

벗어나려 할 때에도 고통체는 지속적으로 활동하려 할 것이고, 어떤 속임수를 써서라도 당신과 동일화되려 할 겁니다. 비록 당신이 자신과 동일시하며 고통체에 힘을 불어넣지 않아도 그것은 어느 정도의 관성을 가지고 있습니다. 굴러가던 바퀴가 더 이상 힘을 가하지 않아도 잠시 동안은 계속 앞으로 나아가는 것과 마찬가지입니다. 이 단계에서는 몸의 여기저기에서 고통과 통증을 느낄 수도 있지만 오래 가지는 않을 것입니다.

현재의 순간에 머무르세요. 의식적으로 깨어 있으세요. 항상 깨어 있는 내면의 보호자가 되어야 합니다. 고통체를 직접 주시하여 그것의 에너지를 느낄 수 있을 정도로 현재의 순간에 있어야 합니다. 그러면 고통체는 당신의 생각을 지배하지 못할 것입니다.

그러나 생각이 다시 고통체의 에너지 장과 이어지는 순간, 당신은 고통체와 자신을 동일시하게 되고, 고통체는 다시 당신의 생각을 먹이삼아 활동하기 시작합니다. 가령 분노가 고통체의 에너지 진동을 주도하고 있다고 가정합시다. 누군가가 당신에게 했던 일에 대해 분노하면서 그 사람에게 어떻게 되갚아줄지를 곰곰이 생각하고 있다면, 당신은 무의식의 상태로 빠져버리고, 고통체가 '당신'의 자리를 차지합니다. 분노의 밑바닥에는 항상 고통이 자리하고 있습니다.

혹은 우울감에 휩싸여 부정적인 마음의 패턴에 지배당하고, 인생이 정말로 형편없이 굴러간다고 생각하기 시작하면, 생각은 고통체와 연결되고 당신은 무의식에 빠지며 고통체의 공격에 무방비 상태가 됩니다.

'무의식적'이라는 것은 어떤 정신적, 감정적 패턴을 자신과 동일시한다는 의미입니다. 이는 곧 관찰하는 자로서의 자신이 존재하지 않는 상태를 의미합니다.

고통의 연금술

지속적이고 의식적으로 관심을 기울이면 고통체와 생

각의 과정 사이에 연결이 끊어지면서 변화가 시작됩니다. 마치 고통이 연료가 되어 의식의 불꽃을 타오르게 하는 것과 같습니다. 그 결과 당신의 의식은 더욱 더 밝게 타오릅니다.

이것이 고대부터 이어져온 연금술의 비밀스러운 의미입니다. 쇳덩어리가 금으로 변하는 것처럼 고통이 의식으로 변하는 것입니다. 그리고 분열되어 있던 내면이 치유되며 당신은 다시금 온전한 존재가 됩니다. 이제 당신이 해야 할 일은 더 이상 고통을 만들어내지 않는 것입니다.

내면의 느낌에 집중하세요. 당신의 내면에 고통체가 있다는 것을 깨닫고 그 사실을 받아들이세요. 그것에 대해 생각하지 마세요. 느낌이 생각으로 발전하지 않도록 하세요. 판단하지도 분석하지도 마세요. 그것을 자신과 동일시하지도 마세요. 현재의 순간에 머물면서 당신의 내면에서 무슨 일이 벌어지는지 지켜보는 관찰자가 되세요.

감정적 고통을 자각하고, '관찰하는 사람', 침묵하며 지켜보는 사람으로 깨어나야 합니다. 이것이 지금 이 순간의 힘이며, 스스로 존재를 의식하는 힘입니다. 그다음에 무슨 일이 일어나는지 지켜보세요.

고통에서 벗어나는 길

앞에서 설명한 과정은 단순하면서도 매우 강력합니다. 어린아이들도 쉽게 배울 수 있는데, 언젠가 아이들이 학교에서 이 과정을 가장 먼저 배울 수 있게 되기를 바랍니다. 일단 내면에서 일어나는 일들의 관찰자로 존재하기 위한 기본적인 원칙들을 이해했다면, 그리고 그것을 경험을 통해 '이해한다면', 가장 강력한 무기를 손에 쥐고 있는 셈입니다.

그러나 고통과 동일화된 상태에서 벗어날 때에는 내적으로 강력한 저항에 부딪힐 수도 있습니다. 평생 동안 고통체와 동일화되어 그것을 자신이라고 굳게 믿으며 살아

왔다면, 무엇보다 자아에 대한 감각 전체 혹은 대부분을 고통체와 동일시하는 데에 쏟아부었다면, 특히 심하게 저항할 겁니다. 이는 당신이 지금껏 고통체에 억눌려 불행한 자아를 만들었고, 그렇게 마음이 만든 허구를 자신이라고 믿어왔음을 의미합니다. 이런 경우 자신의 정체성을 잃게 될 것을 무의식적으로 두려워하면서 고통체와 동일화된 상태에서 벗어나는 것에 강하게 저항합니다. 모르는 세계에 무작정 뛰어들어서 이미 익숙해진 자아를 잃을 위험에 처하는 것보다 차라리 고통 속에, 고통체 속에 안주하고 싶어 하는 것입니다.

당신의 내면에서 어떻게 저항이 일어나는지 관찰해보세요. 당신이 고통에 집착하는 걸 지켜보세요. 경계를 늦추지 말고, 불행에서 얻어낸 기이한 즐거움에 주목하세요. 그 즐거움에 대해서 말하거나 생각하려는 충동을 지켜보세요. 그것을 자각하는 순간 저항도 곧 멈추게 됩니다.
그러면 고통체에 주의를 기울일 수 있고, 목격자로서

존재할 수 있습니다. 변화는 이렇게 시작됩니다.

이 과정은 오직 당신만이 할 수 있으며, 아무도 대신해 줄 수 없습니다. 다행히 강렬하게 깨어 있는 누군가를 만날 수 있다면, 그들과 더불어서 지금 이 순간의 상태에 머물 수 있다면, 그들의 도움으로 당신 내면의 변화도 빨라질 것입니다. 그리고 당신의 의식의 빛도 빠른 시간 안에 더욱 밝게 빛날 것입니다.

막 불이 붙기 시작한 장작을 활활 타고 있는 장작 옆에 두었다가 잠시 후에 꺼내면, 막 불이 붙기 시작한 장작은 훨씬 맹렬하게 타오릅니다. 같은 불이지만 지금 타기 시작한 불꽃은 더 강렬합니다. 그런 불이 된다는 것이 영적 스승의 역할 중 하나입니다. 당신과 함께하는 동안 마음의 차원을 넘어서 강력한 현존 상태를 만들고 유지할 수 있다면 일부 치료사들도 이런 역할을 할 수 있습니다.

한 가지 분명히 알아두어야 할 사실이 있습니다. 당신이 고통과 자신을 동일시하는 한, 당신은 고통으로부터 자유로워질 수 없다는 것입니다. 자아감각의 일부를 감정적 고통에 쏟아붓는다는 건 고통을 치유하려는 모든 노력에 무의식적으로 저항하고 그를 방해하고 있는 것과 다름없습니다.

그렇게 저항하고 방해하는 이유는 무엇일까요? 간단합니다. 자아를 손상시키고 싶지 않기 때문입니다. 고통이 당신의 중요한 일부가 되어버렸기 때문입니다. 이것은 무의식적인 과정이어서 이를 극복할 수 있는 유일한 방법은 그것을 자각하는 것뿐입니다.

빛을 받으면 무엇이든 빛이 된다

고통에 얽매여 있거나 얽매어 있었다는 사실을 불현듯 깨닫는 것은 참으로 놀라운 일입니다. 이것을 깨닫는 순간, 당신은 집착에서 벗어날 수 있습니다.

고통체는 하나의 독립체에 가까운 에너지 장으로, 당

신의 내면에 일시적으로 머물고 있습니다. 그것은 더 이상 흐르지 않는, 덫에 걸린 삶의 에너지입니다.

물론 고통체가 그곳에 머물게 된 것은 과거에 일어났던 어떤 일 때문입니다. 말하자면 고통체는 당신 안에 살아 있는 과거인 셈입니다. 자신을 고통체와 동일시하는 것은 곧 과거와 자신을 동일시하는 것과 같습니다. 자신이 피해자라는 생각을 갖게 되면, 진실과는 정반대로 과거가 현재보다 더 강력하다고 믿게 됩니다. 다른 사람들이, 그리고 그들이 과거에 당신에게 했던 행위가 지금 이 순간 당신이 누구인지에 대한 책임이 있다고 여기게 됩니다. 또한 당신의 감정적 고통뿐 아니라 당신이 진정한 자신일 수 없는 이유도 그들 때문이라고 생각하게 됩니다.

하지만 진실은 그곳에 존재하는 유일한 힘은 이 순간에 있다는 것입니다. 이것이 바로 현존의 힘입니다. 일단 그 힘을 깨닫게 되면, 지금 이 순간 자신의 내면에 대한 모든 책임은 다른 누구도 아닌 당신에게 있다는 것을, 그리고 과거는 지금 이 순간의 힘과 싸워 이길 수 없다는 걸 알게 됩니다.

무의식은 고통체를 만들고, 깨달음은 그것을 다시 본래의 상태로 변화시킵니다. 사도 바울은 이 우주의 법칙을 아름답게 표현했습니다. "모든 것은 빛을 받아 드러나고, 빛 그 자체를 받으면 무엇이든 빛이 된다."

어둠과 싸울 수 없는 것처럼, 고통체와도 싸울 수 없습니다. 싸우려고 애쓰면 내면의 갈등과 고통만 심해질 뿐입니다. 고통체를 지켜보는 것만으로도 충분합니다. 고통체를 지켜본다는 건 그것을 이 순간의 일부로 받아들인다는 의미입니다.

07

사랑이라는 이름의 깨달음

애증의 관계

당신이 현존에 자주 다가가지 않는다면, 모든 인간관계, 특히 아주 가까운 사람과의 관계는 깊은 상처가 생기며 마침내 무너지게 됩니다. 가령 '사랑에 빠져 있는' 동안에는 잠깐 동안 그 관계가 완벽해 보일 수 있습니다. 그러나 완벽해 보이는 것들은 논쟁, 갈등, 불만이 쌓이고, 감정적 심지어 신체적 폭력까지 빈번해지며 어김없이 무너지게 마련입니다.

대부분의 '연인 관계'가 오래지 않아 애증 관계로 변하는 걸 흔히 목격할 수 있습니다. 그러면 한때 사랑이라 여겼던 감정이 험악한 공격과 적대감으로 변질되기도 합니다. 단 한 번의 계기로 사랑하는 마음이 완전히 식어버리기도 합니다. 그리고 이것은 당연하게 여겨집니다.

인간관계에서 '사랑'과 동시에 그와 상반되는 감정인 공격성이나 폭력성을 경험하고 있다면, 당신은 에고의 집착과 중독적인 애착을 사랑이라고 착각하고 있는 것입니다. 어느 순간에는 그 사람을 사랑하다가 다음 순간 그 사람을 공격한다는 건 불가능합니다. 진정한 사랑이라도 상반된 감정까지 포함하지는 않습니다. 당신의 '사랑'이 상반되는 감정까지 포함하고 있다면, 그것은 사랑이 아닙니다. 더 완벽하고 깊은 자아감각을 필요로 하는 에고의 욕구일 뿐입니다. 그리고 상대방은 그 욕구를 충족하기 위한 일시적인 대상에 불과합니다. 에고가 구원을 대신하여 선택한 감정이 잠시 동안 거의 구원처럼 느껴지기도 합니다.

그러나 에고가 필요로 하는 것을 상대방이 만족시켜주지 못하는 순간이 되면, '연인 관계'에 가려져 보이지 않던, 두려움, 고통, 결핍과 같은 에고의 본질이 모습을 드러냅니다.

중독성 약물과 마찬가지로 약효가 지속되는 동안에는 기분이 한창 고조되지만, 약효가 떨어지는 순간이 반드시 다가옵니다.

다시 고통이 시작되면, 그 고통은 이전보다 훨씬 더 강하게 느껴집니다. 게다가 고통의 원인을 상대방에게서 찾게 됩니다. 이는 고통의 감정들을 외부로 투사하는 것으로, 이런 경우 당신이 겪고 있는 고통의 일부인 잔인한 폭력까지 모두 동원하여 상대방을 공격합니다.

이런 공격은 상대방의 고통을 자극하여 깨어나게 하고, 역으로 상대가 당신을 공격하게 만들기도 합니다. 이때 에고는 상대방에 대한 공격이나 그들을 마음대로 조종하려는 시도가 형벌로 작용하여 상대방의 행동이 변화하기를 여전히 무의식적으로 바라고 있습니다. 그리고 그것을 자신의 고통을 가리는 데 다시 이용하려 합니다.

모든 중독은 무의식적으로 자신의 고통을 직면하는 걸 거부하는 데서 비롯됩니다. 이런 까닭에 모든 중독은 고통으로 시작해서 고통으로 끝이 납니다. 알코올, 음식, 약물, 사람 등 당신이 무엇에 중독되든, 모든 중독은 자신의 고통을 덮기 위해 무언가 혹은 누군가를 이용하는 것입니다.

애정 관계에서 초기의 황홀감이 사라지고 난 후에 불행과 고통이 남는 것도 이런 이유 때문입니다. 하지만 인간관계 자체가 고통과 불행의 원인은 아닙니다. 인간관계는 당신 내면에 이미 자리 잡고 있는 고통과 불행을 끌어낼 뿐입니다. 모든 중독도 마찬가지입니다. 어떤 중독이라도 더 이상 효력을 발휘하지 못하는 순간에 이릅니다. 그때 당신은 이전보다 훨씬 더 끔찍한 고통을 느끼게 됩니다.

많은 사람들은 이런 이유로 현재의 순간을 벗어나 미래에서 일종의 구원을 찾습니다. 지금 이 순간에 집중할 때, 그들이 가장 먼저 직면하는 것은 바로 자신의 고통이기 때문입니다. 그들이 두려워하는 것이 바로 그것입니다. 지금 이 순간에 다가가는 것이 얼마나 쉬운지를 알게 된다면, 현재 이 순간의 힘이 과거와 과거의 고통을 소멸시키고,

현실이 당신의 환상을 깨뜨릴 것입니다. 그저 자신이 현실에 얼마나 가까이 있는지, 신에 얼마나 가까이 있는지를 깨닫기만 하면 됩니다.

고통을 피하기 위해 인간관계 자체를 피하는 것도 해답이 될 수는 없습니다. 어차피 고통은 어디에나 있게 마련입니다. 3년 동안 세 번이나 실연을 당한다고 해도 같은 기간 동안 무인도에서 살거나 방 안에만 있는 것보다 더 많은 것을 깨달을 수도 있습니다. 반면에 혼자 있으면서도 강렬한 현존을 경험할 수도 있습니다. 오히려 그것이 당신에게 효과가 있을지도 모릅니다.

성숙한 사랑의 의미

혼자 살든 누군가와 함께 살든, 중요한 것은 현재에 머물며 지금 이 순간에 좀 더 깊이 관심을 가짐으로써 더 강렬하게 현존하는 것입니다.

성숙한 사랑을 하기 위해서는 당신의 현존이 강해져야 합니다. 그래야 당신이 생각하는 자나 고통체에 더 이상 지배당하지 않고, 그것들을 자신으로 착각하지 않을 수 있습니다.

생각하는 자의 근원이 되는 존재로서, 마음의 목소리 저변에 흐르고 있는 고요함으로서, 고통의 밑바닥에 있는 사랑과 기쁨으로서 당신 자신을 인식하는 건 자유이며, 구원이고, 깨달음입니다.

고통체와 자신을 동일시하는 상태에서 벗어나려면, 고통 안으로 현존을 끌어들여 고통에 변화를 일으켜야 합니다. 생각과 자신을 동일시하는 상태에서 벗어나기 위해서는 생각과 행동, 특히 마음의 반복적인 패턴을 조용히 관찰할 수 있어야 합니다.

'자아'를 느끼며 마음에 집중하고 집착하는 걸 멈춘다면, 마음은 충동적 성질을 잃게 됩니다. 그 성질 때문에 마음은 충동적으로 판단하고, 있는 그대로에 저항하며, 갈등과 사건과 새로운 고통을 만들어냅니다. 실제로 있는 그대로를 수용하며 판단을 멈추는 순간, 마음으로부터 자유로워지는 동시에 사랑, 기쁨, 평화를 위한 자리가 생깁니다.

우선 자신에 대한 판단을 멈추세요. 그리고 상대방을 판단하는 것도 중지하세요. 관계를 변화시키는 가장 좋은 방법은 어떤 식으로든 상대방을 판단하거나 바꾸려 하지 말고 상대방을 있는 그대로 온전히 받아들이는 것입니다.
그러면 그 순간 당신은 에고를 초월합니다. 모든 마음의 게임에서도, 중독이나 다름없는 집착에서도 해방될 수 있습니다. 더 이상 희생자도 가해자도 없으며, 비난하는 사람도 비난받는 사람도 없습니다.

이렇게 되면 서로에게 의존하지 않게 되고, 누군가의 무의식적인 패턴에 휩쓸려 계속 똑같은 상황에 놓이는 것도 끝납니다. 떨어져 있으면서도 사랑할 수 있고, 함께 존재 속으로, 지금 이 순간 속으로 더 깊이 들어갈 수 있게 됩니다. 너무나 간단하지 않나요?

관계를 변화시키는 가장 좋은 방법은
어떤 식으로든 상대방을 판단하거나 바꾸려 하지 말고
상대방을 있는 그대로 온전히 받아들이는 것입니다.
그러면 모든 마음의 게임에서도, 중독이나 다름없는
집착에서도 해방될 수 있습니다.

사랑은 존재의 상태입니다. 따라서 사랑은 외부가 아닌, 당신의 내면 깊숙한 곳에 있습니다. 당신은 결코 사랑을 잃을 수 없고, 사랑도 당신을 떠날 수 없습니다. 사랑은 다른 사람의 육체와 같은 어떤 외적 형태에 의존하지도 않습니다.

존재의 고요함 속에서, 당신은 형태와 시간을 초월하여 자신의 본질을 느낄 수 있습니다. 그것은 육체에 생기를 불어넣는 드러나지 않는 생명과도 같습니다. 다른 모든 이들과 모든 창조물 깊은 곳에서도 이와 같은 생명을 느낄 수 있습니다. 당신은 형태와 분리의 장막 너머를 바라봅니다. 이것이 하나됨에 대한 깨달음, 바로 사랑입니다.

당신이 마음과 동일화된 상태에서 벗어나지 못하고, 고통체를 사라지게 할 만큼 현존이 강렬하지 않거나 관찰자로서 현재에 머물 수 없다면, 진정한 사랑은 잠시 엿볼 수는 있어도 풍성하게 꽃피울 수는 없습니다. 그럴 경우 고통체는 당신을 지배하고 당신의 사랑을 파괴할 겁니다.

깨달음을 위한 인간관계

인류가 마음과 자신을 점점 더 동일시할수록, 대부분의 인간관계는 존재에 뿌리를 내리지 못하고 고통의 근원으로 작용합니다. 그리고 문제와 갈등으로 인해 인간관계는 흔들립니다.

인간관계가 지금 이 시간에도 에고를 강화하고 확대하며 고통체를 활성화하고 있다면, 그 관계에서 도망을 치기보다 차라리 사실을 있는 그대로 받아들이세요. 인간관계를 피하거나 당신의 문제에 해답을 주고 충만함을 느끼게 해줄 이상적인 배우자를 찾아 헤매는 대신 당신이 처한 상황에 협조적인 태도를 취해보는 건 어떨까요? 사실을 인정하고 받아들이면, 그 상황으로부터 어느 정도는 자유로워질 수 있습니다.

예를 들어 인간관계에서 불화가 생겼을 때, 그 사실을 자각하고 '앎'의 상태를 유지해보세요. 그러면 그 '앎'을 통해 새로운 변화의 요소가 생겨나며, 불화는 지속되지는 않을 겁니다.

자신이 평화로운 상태에 있지 않고 불안을 느끼고 있음을 인식한다면, 그 불안을 사랑스럽고 부드러운 포옹으로 감싸는 고요한 공간을 만들어보세요. 그러면 당신의 불안은 평화로 바뀔 수 있습니다. 내면의 변화를 가져오기 위해 당신이 할 수 있는 일은 없습니다. 당신 자신을 바꿀 수도 없고, 당신이 상대방이나 그 누구를 바꿀 수도 없습니다. 당신이 할 수 있는 것은 변화가 일어날 수 있고, 자비와 사랑이 들어올 수 있는 공간을 만드는 것이 전부입니다.

관계가 삐걱거릴 때마다, 당신과 상대방의 내면에 '광기'가 솟아오를 때마다 기쁜 마음으로 그것을 받아들이세요. 그러면 미처 깨닫지 못했던 것이 빛 속에서 모습을 드러냅니다. 이것이 구원의 기회입니다.

모든 순간마다 그 순간을 인식하세요. 특히 당신의 내면 상태를 인식하세요. 만약 분노하고 있다면, 당신의 내면에 분노가 있음을 인식하세요. 질투, 방어, 말다툼, 합리화, 사랑과 관심을 요구하는 어린아이 같은 마음, 혹은 어떤 종류의 감정적 고통을 겪고 있다면, 그 순간의 현실을 인식하고, 그 '앎'의 상태를 유지하세요.

그러면 인간관계는 당신의 사다나sadhana(탄트라 불교에서 해탈에 이르는 성취법—옮긴이), 다시 말해 당신을 위한 영적 수행의 기회가 될 수 있습니다. 배우자가 무지에서 비롯된 행동을 했다면, 그것에 반응하기보다는 당신의 앎으로 그 행동을 사랑스럽게 감싸주세요.

무의식과 인식the knowing은 오랫동안 공존할 수 없습니다. 정작 무의식 상태에서 행동하는 사람은 자신이 어떤 행동을 하는지 알지 못하고 주변 사람들만 그 사람의 행동을 인식하고 있더라도 그렇습니다. 적개심과 공격성 뒤에 숨어 있는 에너지의 형태는 사랑의 현존을 견디지 못합니다. 상대방의 무지에 반응하면, 당신도 무지에 휩쓸리고 맙니다. 그러나 자신의 반응과 행동을 정확하게 인식하고 있다면, 아무것도 잃어버리지 않습니다.

요즘처럼 인간관계가 문제와 갈등에 얼룩진 적은 없었습니다. 당신도 이미 알고 있듯이, 인간관계는 행복이나 만족을 가져다주지 않습니다. 인간관계를 통해 구원을 얻으려 한다면, 계속해서 환멸만을 느낄 뿐입니다. 그러나 인간관계가 행복이 아닌 깨달음을 위한 것임을 받아들인다면, 당신은 인간관계에서 구원을 얻을 뿐만 아니라 이 세상에 찾아올 더 높은 차원의 의식 수준에 도달하게 될 겁니다.

하지만 낡은 습관에 매여 있는 사람들에게는 고통, 폭력, 혼란과 광기만이 커져갈 겁니다.

당신의 삶을 영적 수행의 장으로 만드는 데 얼마나 많은 사람이 필요할까요? 배우자가 도움을 주지 않는다고 걱정할 필요는 없습니다. 온전한 의식은 오로지 당신을 통해서만 이 세상으로 올 수 있습니다. 당신이 깨닫기 전에 이 세상이 온전해지기를, 누군가가 깨닫기를 기다릴 필요도 없습니다. 그러려면 영원히 기다려야 할지도 모릅니다.

깨닫지 못한 것에 대해 서로를 탓하지 마세요. 다투기 시작하는 순간 마음 자세와 자신을 동일시하게 되고, 그 마음 자세뿐만 아니라 자아감각도 방어하게 됩니다. 이것은 에고에게 당신을 내어주고, 당신은 무의식의 상태로 빠져버리는 것입니다.

경우에 따라서는 상대방의 행동에서 어떤 부분을 지적하는 것이 적절한 때도 있습니다. 당신이 깨어 있는 상태로 현재의 순간에 존재한다면, 에고를 관여시키지 않은 채 비난이나 원망 없이 상대방의 행동을 지적할 수 있습니다.

상대방이 무의식적으로 행동할 때, 어떤 판단도 하지 마세요. 판단이란 누군가의 무의식적인 행동을 그들의 본질이라고 착각하게 하거나, 당신 자신의 무의식을 다른 사람에게 투영하여 그것을 그들의 본질이라고 오해하게 합니다.

판단하지 않는다는 것은 당신이 보아온 상대방의 문제점과 무의식을 자각하지 않는다는 의미가 아닙니다. 그것은 반응하고 판단하기보다는 '앎의 상태'에 머무는 것을 의미합니다. 그러면 당신은 전혀 반응하지 않거나, 반응은 하지만 자각하고 있어서 반응을 주시하고 허용할 수 있는 여유를 가질 수 있습니다. 이것은 어둠과 싸우는 대신, 어두운 곳에 빛을 비추어주는 것과 같습니다. 망상에 반응하는 대신, 망상을 지켜보면서 동시에 그것을 꿰뚫어보는 것입니다.

앎의 상태에 있다는 건 모든 사람과 만물이 있는 그대로 존재할 수 있는 사랑을 위한 현존의 공간을 만드는 것입니다. 변화를 위해 이보다 더 좋은 계기는 없습니다. 당신이 이런 수행을 거듭한다면, 당신의 배우자 역시 무의식 상태에 머물 수는 없을 겁니다.

당신과 배우자가 모두 인간관계가 영적 수행을 위한 것이라는 사실에 동의한다면, 더 좋을 수는 없을 겁니다. 그러면 매 순간 떠오르는 생각과 느낌을 그 즉시 상대에게 표현할 수 있고, 정체를 알 수 없는 감정이나 불만이 더 쌓이고 자라날 수 있는 시간적 공백을 만들지 않게 됩니다.

비난하지 않고 당신이 느끼는 것을 **표현하는 법을 배**

우세요. 자신을 방어하지 않는 열린 방식으로 상대방의 말을 경청하는 법을 배우세요.

상대방이 자신을 표현할 수 있는 여지를 주세요. 현재에 머물도록 하세요. 그러면 비난, 방어, 공격과 같이 에고를 강화하거나 보호하고, 에고가 필요로 하는 것을 충족시켜주는 이 모든 방식들은 무용지물이 됩니다. 다른 사람들에게, 그리고 자신에게 여지를 주는 것은 반드시 필요합니다. 그것 없이는 사랑을 꽃피울 수 없습니다.

관계를 파괴하는 두 가지 요인을 제거한다면, 다시 말해 고통체를 소멸시키고 자신을 더 이상 마음과 동일시하지 않는다면, 그리고 상대방 역시 그렇게 한다면, 당신은 관계가 아름답게 피어나는 행복을 경험하게 될 것입니다. 서로에게 고통과 무의식을 투사하고 중독적인 에고의 필요를 만족시키는 대신, 내면 깊은 곳에서 느끼는 사랑을 서로에게 투영하게 됩니다. 이런 사랑은 존재하는 모든 것과 당신이 하나라는 깨달음에서 옵니다.

이것이 바로 대립하지 않는 사랑입니다.

당신은 이미 자유를 누리고 있는데 상대방이 여전히 자신을 마음이나 고통체와 동일시하고 있다면, 그것은 당신보다는 상대방에게 큰 시험대가 될 수 있습니다. 깨달음을 얻은 사람과 함께 산다는 건 쉬운 일이 아닙니다. 아니 어쩌면 너무 쉬워서 상대방의 에고가 심각하게 위협받고 있다고 느낄지도 모릅니다.

에고는 자신의 정체성이 의존하고 있는 분리감을 강화하기 위해 문제와 갈등 그리고 '적'을 필요로 한다는 사실을 떠올려보세요. 저항이 없어진 상태에서, 깨닫지 못하고 무의식 속에 있는 상대방의 마음은 깊은 좌절에 빠지게 될 겁니다. 이는 마음이 차지하고 있던 위치가 불안전하고 쇠약해는 것이며, 심지어 마음이 자신을 잃어버리고 완전히 무너져내릴 수 있다는 위기감을 느끼는 것입니다.

고통체는 무언가 주고받을 수 있는 것이 필요한데, 더 이상 그것을 얻을 수 없습니다. 말다툼, 사건, 갈등은 더 이상 필요하지 않습니다.

자신과 하나가 되는 순간

깨달음의 여부와 관계없이 인간은 누구나 남자 아니면 여자입니다. 형태의 정체성에서 당신은 완벽하지 않습니다. 당신은 온전한 전체의 반쪽에 불과합니다. 이런 불완전함 때문에 깨달음의 정도를 떠나 우리는 남녀의 이끌림, 이성을 향한 끌림을 느낍니다. 그러나 내적인 연결 상태에서는 이런 끌림이 삶의 표면 혹은 삶의 주변 어딘가에 있다고 느끼게 됩니다.

그렇다고 당신이 다른 사람이나 배우자와 깊이 연결되어 있지 않다는 것은 아닙니다. 사실 당신이 존재에 대해 자각하고 있을 때에만 타인과 깊이 연결될 수 있습니다. 존재로서의 당신은 형상의 장막 너머에 집중할 수 있습니다. 존재 안에서 남성과 여성은 하나입니다. 형상은 지속적으로 어떤 욕구를 가지고 있지만, 존재는 그렇지 않습니다. 존재는 이미 완벽하고 온전합니다. 만약 그런 욕구가 충족된다면 좋겠지만, 그렇지 못한다고 해도 내면 깊은 상태에 아무런 차이가 없습니다.

그래서 이성에 대한 욕망이 실현되지 못한다고 해도, 깨달은 사람은 존재의 외적인 차원에서는 결핍감이나 불완전함을 느낄지 모르지만, 내적으로는 완전하고 충만하고 평화로울 수 있습니다.

혼자 있을 때 편안함을 느끼지 못한다면, 당신은 그 불안함을 채워줄 관계를 찾으려 합니다. 그러나 그 관계에서 분명 또 다른 형태의 불안이 나타날 것입니다. 그리고 당신은 아마도 그 책임을 상대방에게 전가하려 할 겁니다.

당신이 해야 할 일은 오직 지금 이 순간을 완전하게 받아들이는 것입니다. 그러면 지금 여기에서 편안함을 느끼고 자신을 편안하게 받아들이게 됩니다.

그런데도 당신은 반드시 자신과의 관계가 필요하다고 생각합니까? 왜 그저 당신 자신일 수는 없을까요? 자신과 관계를 맺는다는 것은 자신이 두 개로, 다시 말해 '나'와

'나 자신', 주체와 객체로 분리되어 있다는 것을 의미합니다. 마음이 만들어내는 이런 이중성이 삶에서 벌어지는 모든 불필요한 복잡함, 모든 문제와 갈등의 뿌리입니다.

깨달음의 상태에서는 당신은 곧 당신 자신이며, '당신'과 '당신 자신'이 하나가 됩니다. 자신을 판단하지도 않고, 자신에게 연민도 자부심도 느끼지 않게 되며, 자신을 사랑하지도 않고 증오하지도 않습니다. 자기 반성적인 의식 때문에 생겨난 분열은 치유되며, 그 저주에서 풀려날 수 있습니다. 당신이 보호하고, 방어하고, 먹이를 주어야 할 '자신'은 더 이상 없습니다.

깨달음을 얻을 때, 자신과의 관계는 더 이상 존재하지 않습니다. 일단 그것을 포기하면, 모든 다른 관계는 사랑의 관계가 됩니다.

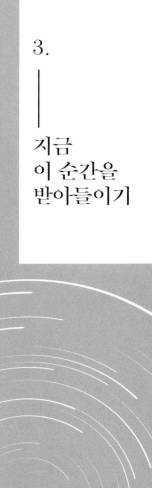

3.

—

지금
이 순간을
받아들이기

있는 그대로를 받아들이고

온전히 지금 이 순간에 있을 때,

과거는 힘을 잃게 됩니다.

마음에 가려져 있던 존재의 영역이 열립니다.

갑자기 거대한 고요함이 내면에서 솟아오르고,

평화에 대한 불가해한 감각이 떠오릅니다.

그 평화 안에 크나큰 기쁨이 있습니다.

그 기쁨 안에 사랑이 있습니다.

그리고 가장 깊은 중심부에 신성하고,

헤아릴 수 없는 것, 이름 붙일 수 없는 그것이 있습니다.

08

스스로 삶을
책임진다는 것

덧없음과 헛됨

일이 잘 풀려서 성공이 계속되며 번창하는 때가 있고,
실패가 거듭되며 위축되고 시들해질 때가 있습니다. 새로
운 것과 변화를 위한 여지를 만들려면, 과거의 것들을 떠
나보내야 합니다.

당신이 그 시점에서 매달리며 저항한다면, 그건 삶의 흐름을 따르지 않는 것이며, 그럴 경우 고통을 겪을 수밖에 없습니다. 새로운 것이 성장하려면 소멸이 필요합니다. 하나의 주기는 다른 주기 없이 만들어지지 않습니다.

영적 깨달음을 위해서는 하강 주기가 절대적으로 필요합니다. 영적 차원으로 들어가려면, 크게 실패를 하거나 깊은 상실 혹은 고통을 경험해야 합니다. 그렇지 않으면 성공 그 자체가 공허해지고 의미가 퇴색하여 결국 실패로 변합니다.

모든 성공 안에는 실패가 도사리고 있습니다. 마찬가지로 모든 실패 안에는 성공의 씨앗이 있습니다. 형상의 차원에서 말하자면, 이 세상 모든 사람들은 언제가 반드시 '실패'를 하고, 모든 성취는 헛된 것이 되어버릴 겁니다. 모든 형상은 덧없는 것이기 때문입니다.

그럼에도 당신은 여전히 적극적으로 새로운 형상과 환경을 만들고 창조하는 걸 즐길 수 있습니다. 그러나 그것들을 자신과 동일시해서는 안 됩니다. 당신의 자아감각을 형성하는 데 그런 것들은 필요하지 않습니다. 당신이 창조한 형상과 환경은 당신의 삶이 아닙니다. 그것은 단지 당신의 삶이 처한 상황일 뿐입니다.

당신의 육체도 상승하고 하강하는 주기의 영향을 받습니다. 주기란 몇 시간에서 몇 년까지 지속되기도 합니다. 긴 주기가 있고, 그 안에 짧은 주기가 있습니다. 낮은 에너지의 주기에 맞서 싸울 때 질병이 많이 발생합니다. 하지만 다시 살아나기 위해서는 침체된 주기가 반드시 필요합니다. 그러나 이런 시기에 당신은 무언가를 해야 한다는 강박감에 사로잡힌 채 외부 요인으로부터 자존감과 정체성을 끌어내려고 합니다. 이것은 마음과 자신을 동일시하는 한 피할 수 없는 환상으로, 침체기를 있는 그대로 받아들이고 그것을 허용하는 걸 힘들게 하거나 불가능하게 만듭니다. 그래서 당신이라는 유기체의 지성이 자기 방어의 수단으로 질병을 만들어 당신을 멈추게 하는 것입니다. 그렇게 당신이 휴식을 취한 다음 일어설 수 있도록 하는 겁니다.

인간관계나 재산, 사회적 지위, 직장 혹은 신체적인 면에서 상황이 '좋다'고 생각될 때, 마음은 그것에 집착하여 자신과 그것을 동일시합니다. 그러면 당신은 행복을 느끼고 자신에 대해서 만족하여, 그것이 당신의 일부 혹은 당신 자신이라고 생각합니다.

그러나 낡고 녹슨 이런 차원에서는 아무것도 지속되지 않고, 모든 것은 사라지거나 변화합니다. 경우에 따라서는 완전히 뒤바뀔 수도 있습니다. 어제 혹은 작년에는 좋았던 조건이 갑자기 혹은 점차적으로 나쁜 것으로 바뀝니다. 당신을 행복하게 해주었던 조건이 당신을 불행하게 만듭니다. 오늘 풍요로움의 상징이었던 것이 내일 텅 빈 소비지상주의로 비치기도 하고, 행복한 결혼과 신혼여행이 불행한 이혼이나 동거로 변질되기도 합니다.

혹은 조건 자체가 사라지면서 그것이 당신을 불행하게 할 수도 있습니다. 마음이 애착을 갖고 동일시했던 조건이나 상황이 변하거나 사라질 때, 마음은 그것을 받아들이지 못합니다. 사라진 조건에 매달리고 변화에 저항합니다. 팔다리가 몸에서 잘려나간 것처럼 느끼는 겁니다.

이것이 의미하는 건 행복과 불행은 하나라는 사실입니다. 오직 시간이라는 환영이 행복과 불행을 분리시킬 뿐입니다.

삶에 저항하지 않는다는 건 품위, 편안함, 빛 속에 있다
는 의미입니다. 이 상태는 어떤 방식으로든 좋거나 나
쁜 것에 더 이상 좌우되지 않습니다.

역설적이게도 형상에 의존하지 않을 때, 삶의 일반적
조건, 외적 형상이 크게 좋아지곤 합니다. 행복하기 위해서
필요하다고 생각했던 물건, 사람, 조건들이 애쓰거나 노력
하지 않아도 당신에게 다가옵니다. 그것들이 당신 곁에 머
무는 동안은 당신은 마음껏 그것들을 누리고 즐깁니다.
　물론 이 모든 것들도 지나갑니다. 왔다가 가버립니다.
그러나 의존하지 않으면, 상실에 대한 두려움도 사라집니
다. 그리고 삶은 편안하게 흘러갑니다.
　상황에서 비롯된 행복은 결코 깊지 않습니다. 저항 없
이 내면으로 들어가 그곳에서 발견한 생기 넘치는 평화와
존재의 기쁨에 비하면, 그런 행복은 희미하게 반사되는 그
림자에 불과합니다. 존재는 마음의 양극단 너머로 당신을

데려가고 형상에 의존하지 않는 자유를 누리게 합니다. 심지어 주변의 모든 것이 바스라지고 무너져도, 당신은 여전히 깊은 내면의 평화를 느끼게 될 겁니다. 어쩌면 당신은 행복하지 않을지도 모릅니다. 그러나 당신은 평화로울 겁니다.

스스로 투명해지기

모든 내적 저항은 어떤 형태로든 부정적인 감정으로 나타납니다. 부정적 감정이 나타나는 건 마음이 저항하기 때문입니다. 이런 맥락에서 두 단어는 동의어라고 할 수 있습니다.

부정적인 감정은 짜증이나 초조함부터 극심한 분노까지, 우울한 기분이나 억울함부터 자살에 이르게 만드는 절망까지 다양한 모습을 가지고 있습니다. 때로는 저항이 감정적 고통체를 촉발하기도 합니다. 그런 경우에는 대수롭지 않은 상황에서도 화, 우울, 깊은 슬픔과 같은 강렬한 부정적 감정이 나타날 수 있습니다.

에고는 부정적 감정을 통해 현실을 조종해서 자신이 원하는 것을 얻을 수 있다고 믿습니다. 또한 부정적 감정으로 원하는 조건을 끌어당기거나 원하지 않는 조건을 없앨 수 있다고 여깁니다.

불행이 쓸모가 있다고 생각하지 않는다면, '당신'이 즉, 당신 마음이 무슨 이유에서 불행을 만들어내겠습니까? 물론 부정적 감정은 아무런 쓸모가 없습니다. 부정적 감정은 바람직한 조건을 끌어당기지 않을 뿐만 아니라 오히려 그런 조건을 형성하는 데 방해가 됩니다. 또한 바람직하지 않은 조건을 몰아내기는커녕 그것이 확실히 자리를 잡도록 합니다. 부정적 감정은 에고를 강화하는 데 '유용할' 뿐입니다. 그리고 이것이 에고가 부정적 감정을 좋아하는 이유입니다.

어떤 부정적 감정과 자신을 동일시하면, 그것을 떠나보내지 않으려 합니다. 또한 무의식 깊은 곳에서 긍정적인 변화를 원하지 않게 됩니다. 긍정적 감정은 우울, 분노, 홀

대받는 사람이라는 정체성을 위협하기 때문입니다. 그래서 당신 인생의 긍정적인 면을 무시하거나 부정하고 거부하려고 합니다. 이건 미친 짓이지만, 일반적인 현상이기도 합니다.

식물이나 동물을 관찰해보세요. 그들의 모습을 보며 그대로를 받아들이고, 지금 이 순간에 자신을 맡기는 법을 배우세요.
그들이 당신에게 존재를 가르쳐줄 겁니다.
그들에게 온전함을 배울 수 있을 겁니다. 그들에게서 하나가 되는 것을, 당신 자신이 되고, 실재하는 것을 배워보세요.
그들이 어떻게 살고, 어떻게 죽는지, 삶과 죽음을 어떻게 자연스럽게 받아들이는지 가르쳐줄 겁니다.

반복되는 부정적인 감정에는 질병과 마찬가지로 어떤 메시지가 담겨 있습니다. 직업, 인간관계, 주변 환경 등과 관련하여 당신에게 어떤 변화가 일어났다고 해도, 의식의 차원에서 변화가 일어나지 않는다면 그건 그저 허울에 불과합니다. 변화에서 의미가 있는 것은 오직 한 가지 경우뿐입니다. 바로 지금 이 순간에 더 오래 머무는 것입니다. 어느 정도 현존에 도달하면, 당신의 삶에서 무엇이 부족한지를 알려주는 부정적 감정이 더 이상 필요하지 않습니다.

그러나 여전히 부정적 감정이 느껴진다면, 그것은 조금 더 현존해야 한다는 걸 일깨워주는 신호입니다.

외적인 요인이나 당신의 생각에 의해 혹은 당신도 의식하지 못하는 어떤 원인에 의해 내면에서 부정적 감정이 생겨날 때마다, 그것을 '명심해, 지금 여기에 있어야 해. 깨어나. 마음에서 벗어나. 현존하는 거야'라고 당신에게 경고하는 목소리로 받아들이세요.
아주 사소한 짜증도 중요한 신호일 수 있으므로 놓치지 않도록 주시해야 합니다. 그렇지 않으면, 미처 주목하지 못했던 반작용이 축적될 것입니다.

내면에 부정적인 에너지 장이 축적되는 것을 원하지 않

고 그것이 아무런 쓸모가 없다는 것을 알아차린다면, 그런 부정적 감정을 떨쳐버릴 수 있습니다. 그렇지만 부정적 감정에서 완전히 벗어났는지 반드시 확인해야 합니다. 만약 벗어날 수 없다면, 그런 감정이 있다는 걸 받아들이고 그 느낌에 주목해야 합니다.

부정적 반응을 떨쳐버리는 대신, 반응의 외적 요인에 투명해지는 자신을 상상하면서 부정적 반응을 사라지게 할 수도 있습니다.

우선 작은 일, 아주 사소해 보이는 일로 연습을 해보는 것이 좋습니다. 당신이 집에 가만히 앉아 있다고 상상해봅시다. 갑자기 길 건너편에서 날카로운 자동차 경적 소리가 들리고, 짜증이 납니다. 짜증의 목적은 무엇일까요? 아무런 목적이 없습니다. 당신은 왜 짜증을 냈을까요? 당신이 짜증을 낸 것이 아닙니다. 당신의 마음이 짜증을 낸 겁니다. 그것은 완전히 자동적이고, 완벽하게 무의식적인 반응입니다.

마음은 왜 짜증을 만들어냈을까요? 어떤 형태로든 부정적 감정이나 불행에 저항하면, 바람직하지 않은 조건이 해소될 거라고 무의식적으로 믿고 있기 때문입니다. 물론 이것은 착각입니다. 앞에서 말한 경우에는 짜증과 화로 나타난 것처럼, 바람직하지 않은 조건에 대한 저항감은 그것이 해소하고자 하는 원래의 원인보다 더 복잡한 문제를 일으킵니다.

하지만 이 모든 것은 영적 수행을 통해 변화할 수 있습니다.

자신이 투명해지는 것을 느껴보세요. 물질적으로 견고한 당신의 육체가 없는 상태라고 느껴보세요. 이제 소음을 비롯해 부정적인 반응을 일으키는 것은 무엇이든 당신을 통과해가도록 두세요. 당신의 내면에서 단단한 '벽'에 더 이상 부딪치지 않도록 합니다.

이미 이야기했듯이, 우선 작은 일에서부터 시작하세요. 자동차 경적, 개 짖는 소리, 아이들 울음소리, 교통 체증과 같이 '일어나서는 안 되는' 일이 끊임없이 고통스럽게 부딪치지 않도록 내면에 저항의 벽을 쌓아두지 마세요. 그 대신 모든 것이 당신을 통과하도록 내버려두세요.

누군가 당신에게 상처가 될 수 있는 무례한 말을 한다고 해도 무의식적으로 반응하고 부정적 감정에 빠져드는 대신, 그것들이 당신을 그저 통과해가도록 하세요. 아무런 저항도 하지 마세요. 마치 상처받을 사람이 거기에 없는 것처럼 행동하세요. 그것이 용서입니다. 이런 방식이라면 당신은 상처를 입지 않을 수 있습니다.

만약 당신이 필요하다고 생각된다면, 상대방에게 그의 행동을 받아들일 수가 없다고 말할 수 있습니다. 그러면 그 사람은 더 이상 당신의 내면 상태를 좌우할 수 없습니다. 당신은 더 이상 다른 누군가의 힘이나 당신의 마음에게 지배받지 않고, 오직 당신의 영향력 안에 존재하게 됩니다. 자동차 경적 소리를 듣거나, 무례한 사람과 함께 있거나, 홍수나 지진을 겪고, 재산을 잃은 상황에서도 저항의 원리는 똑같습니다.

당신은 여전히 외부에서 평화를 구하고 있으며, 이런

방식에서 벗어나지 못하고 있습니다. 어쩌면 다음 모임에서는 해답을 찾을 수도 있고, 새로운 방법에서 답을 얻게될지도 모릅니다. 하지만 지금 당신에게 이런 말을 해주고싶습니다.

평화를 찾아 헤매지 마세요. 지금 이 순간이 아닌 다른
상태를 추구하지 마세요. 그렇지 않으면, 내면의 갈등
을 겪으며 그것에 무의식적으로 저항하게 됩니다.
평화에 머물지 못하는 자신을 용서하세요. 당신이 평화
로운 상태에 있지 않다는 걸 온전히 받아들이는 순간,
그 평화롭지 못함이 평화로 변화할 것입니다. 무엇이든
완전히 받아들일 수 있으면, 당신은 평화로워질 수 있
습니다. 온전히 내어주고 맡길 때, 이런 기적이 일어납
니다.
있는 그대로를 받아들이면, 모든 순간이 최고의 순간이
됩니다. 이것이 깨달음입니다.

무엇이든 완전히 받아들일 수 있으면, 당신은 평화로울 수 있습니다.

온전히 내어주고 맡길 때, 이런 기적이 일어납니다.

있는 그대로를 받아들이면, 모든 순간이 최고의 순간이 됩니다.

죽기 이전의 죽음

마음이 만들어내는 모든 대립에서 초월하는 순간, 당
신은 마치 깊은 호수와 같은 상태가 됩니다. 당신 인생
의 외부적인 상황에서 무슨 일이 일어나든 변화하는 것
은 호수의 수면일 뿐입니다. 호수의 수면은 날씨와 계
절에 따라 때로는 잔잔하고, 때로는 바람이 불어 거칠
게 요동칩니다. 그러나 그 깊은 곳은 언제나 고요합니
다. 당신은 호수 표면이 아니라 온전한 호수 전체입니
다. 당신은 절대적으로 고요한 상태에 머물러 있는 당
신의 깊은 내면과 연결되어 있습니다.

삶의 상황에 정신적으로 얽매여서 변화에 저항하지도
않게 됩니다. 내면의 평화는 그런 삶의 상황에 좌우되지 않
기 때문입니다. 당신은 변함없는 상태로 시간과 죽음을 초
월한 존재 안에 머물며 끊임없이 형태가 변하는 외부 세계
의 성취나 행복에 더 이상 의존하지 않습니다. 당신은 변

화하는 형상들을 즐기고, 그것들과 놀이를 하고, 새로운 형상을 만들어내며, 그 모든 것의 아름다움에 감사하게 됩니다. 그러나 어느 것에도 집착할 필요를 느끼지는 않습니다.

존재를 자각하지 않는 한, 다른 사람들의 진정한 모습도 이해할 수 없습니다. 자신의 진정한 모습조차 발견하지 못했기 때문입니다. 당신의 마음은 다른 사람들의 형상을 좋아하거나 싫어하겠지만, 그들의 형상이란 육체만이 아닌 그들의 마음도 포함하는 것입니다. 진정한 관계는 오직 존재에 대한 자각이 있는 곳에서만 가능합니다.

존재를 인식하게 되면, 다른 이들의 몸과 마음을 있는 그대로 화면처럼 바라볼 수 있게 됩니다. 그리고 마치 당신의 진정한 현실을 느끼듯이, 그 화면 뒤에 있는 그들의 진정한 모습을 느낄 수 있습니다. 그래서 누군가의 고통이나 무의식적인 행동과 마주해도, 당신은 존재와 연결된 채 현재에 머물고 형상 너머의 세계를 바라보면서 당신의 존재를 통해 그들의 찬란하고 순수한 존재를 느낄 수 있습니다.

존재의 차원에서 모든 고통은 환상과 같습니다. 고통은 형상과 자신을 동일시하는 데에서 비롯됩니다. 때로는 이런 깨달음은 준비가 된 이들 안에서 존재 의식을 일깨우면서 치유의 기적을 일으키기도 합니다.

자비심(연민)은 자신과 모든 창조물이 깊이 연결되어 있다는 자각입니다. '나는 이 사람과는 아무런 공통점이 없어'라는 생각이 들 때, 사실 당신과 그 사람 사이에는 공통점이 아주 많다는 것을 기억하세요. 몇 년이 지나지 않아, 2년 후나 70년 후에는 우리 모두는 시체가 되어 썩고, 먼지 더미로 변하고, 결국에는 완전히 사라질 것입니다. 이것은 자부심을 가질 만한 조금의 여지도 없는, 진지하고 겸손한 깨달음입니다.

이것이 부정적인 생각일까요? 아닙니다. 현실입니다. 왜 그것을 외면하려 합니까? 이런 의미에서 당신과 다른 창조물은 완벽하게 동일합니다.

가장 강력한 영적 수행 중 하나는 육체를 포함해서 물질적 형상의 죽음에 대해 깊이 명상하는 것입니다. 이것을 '죽기 이전의 죽음'이라고 부릅니다.

그 안으로 깊이 들어가십시오. 당신의 물질적 형상은

분해되어 사라집니다. 그러면 모든 마음의 형상과 생각들이 없어지는 순간이 옵니다. 그런데 당신은 여전히 거기에 있습니다. 신성한 현존으로 빛을 발하며, 완전히 깨어 있습니다.

진정한 것은 결코 죽지 않습니다. 오로지 이름과 형상과 망상만이 죽음을 맞이합니다.

이런 깊은 차원에서 자비심(연민)은 가장 넓은 의미의 치유가 됩니다. 이런 상태에서는, 당신의 행위가 아닌 당신의 존재가 치유력을 갖게 됩니다. 만나는 모든 사람들이 당신의 현존과 연결되고, 당신이 발산하는 평화의 영향을 받습니다. 그들은 이 사실을 자각할 수도, 그렇지 않을 수도 있습니다.

당신이 온전히 현존할 때는 주변 사람들이 무의식적인 행동을 해도 거기에 반응할 필요를 느끼지 않으며, 그 행동 자체에 현실성을 부여하지 않게 됩니다. 당신의 평화는 너무나도 넓고 깊어서 마치 평화가 아닌 것은 그 안에 결코 존재하지 않았던 것처럼 사라지고 맙니다. 이것은 행동과 반응으로 이어지는 업보의 순환을 끊어버립니다.

동물, 나무, 꽃이 당신의 평화를 느끼고 그것에 반응할 겁니다. 당신은 존재를 통하여 신의 평화를 보여줌으로써 가르침을 전할 수 있습니다.

당신은 순수한 의식을 발산하는 '세상의 빛'이 되고, 고통을 뿌리째 제거할 수 있습니다. 세상으로부터 무의식을 없애는 것입니다.

자신을 맡기는 지혜

앞에서도 이야기했듯이, 당신의 미래를 결정하는 건 지금 이 순간의 의식 수준입니다. 그래서 긍정적으로 변화하기 위해 할 수 있는 가장 중요한 일은 자신을 내맡기는 것입니다. 그 밖의 당신의 행동은 부수적인 것에 불과합니다. 자신을 내맡기지 않는 의식 상태에서는 진정으로 긍정적인 행동을 할 수 없습니다.

어떤 사람은 자신을 내맡긴다는 행위가 패배나 포기 혹은 인생의 도전에서 실패하고 무기력해지는 것과 같이 부정적인 의미를 내포하고 있다고 여길 수 있습니다. 그러나 진심으로 자신을 맡기어 순응한다는 건 완전히 다른 것입니다. 그건 어떤 상황에서도 수동적으로 참고 견디며 손놓고 아무것도 하지 않는 것을 의미하지 않습니다. 계획도 없이 긍정적인 행동을 하는 걸 의미하지도 않습니다.

자신을 내맡긴다는 건 간단한 행위이지만, 삶의 흐름을 거스르기보다는 순응하는 심오한 지혜입니다. 삶의 흐름을 경험할 수 있는 곳은 오직 지금 이 순간뿐입니다. 그래서 자신을 내맡긴다는 건 어떤 조건이나 아무런 의구심 없이 현재의 순간을 받아들이는 걸 의미합니다. 있는 그대로에 내적으로 저항하는 걸 포기하는 것입니다.

내면의 저항이란 마음의 판단으로 부정적 감정이 일어나면서 있는 그대로에 대해 '아니오'라고 말하는 것입니다.

일이 '잘 풀리지' 않을 때에 특히 그렇게 되는데, 이것은 마음의 기대나 요구와 있는 그대로의 것 사이에 간격이 있음을 의미합니다.

어느 정도 인생살이를 경험한 사람이라면, 종종 일이 '잘 풀리지 않을' 때가 있다는 것을 알고 있습니다. 그런 시기에 삶의 고통과 슬픔에서 벗어나고 싶다면, 자신을 맡기는 자세가 필요합니다. 있는 그대로를 받아들이는 순간, 마음과 자신을 동일시하는 것에서 자유로워져 존재와 만나게 됩니다. 저항은 마음입니다.

자신을 내맡긴다는 건 순수한 내면의 현상입니다. 그렇다고 외적으로 당신이 어떤 행동도 취할 수 없고, 상황을 바꿀 수도 없다는 걸 의미하지는 않습니다.

자신을 내맡긴다고 해서 모든 상황을 그냥 받아들일 필요도 없습니다. 지금 이 순간이라는 작은 부분만을 받아들이면 됩니다. 예를 들어 진흙탕 속에 빠져서 꼼짝 못하게 되었을 때, '좋아, 일찌감치 체념하고 진흙탕 속에 이대로 있겠어'라고 말하는 사람은 없습니다. 자신을 내맡기는 것은 체념이 아닙니다.

달갑지 않고 불쾌한 삶의 상황을 받아들일 필요는 없습니다. 자신을 속이며 아무렇지도 않다고 말할 필요도 없습니다. 당신은 진흙탕에서 빠져나오기를 원하고 있다는 걸 충분히 인식하세요. 어떤 식으로든 마음으로 상황을 구분하여 단정하지 말고, 현재의 순간으로 관심의 범위를 좁혀야 합니다.

지금 이 순간에 대해 어떤 판단도 하지 마십시오. 그러면 저항도 부정적인 감정도 일어나지 않습니다. 지금 이 순간 '있음'을 받아들이세요.

그리고 그 상황에서 빠져나오기 위해 할 수 있는 모든 행동을 해야 합니다.

그런 행동을 긍정적인 행동이라고 부릅니다. 그것은 화, 절망, 좌절에서 나오는 부정적인 행동보다 훨씬 효과적입니다. 원하는 결과를 얻을 때까지, 지금 이 순간을 판단하여 분류하지 말고 지속적으로 자신을 내맡기는 연습을 하십시오.

여기서 말하고자 하는 것을 시각적 비유를 들어 이야기해보겠습니다. 당신은 한밤중에 짙은 안개가 끼어 있는 오솔길을 걷고 있습니다. 그러나 당신이 가지고 있는 손전등이 안개를 뚫고 당신 앞에 좁지만 밝고 환한 공간을 만들어주고 있습니다. 안개는 과거와 미래를 포함한 인생의 상황입니다. 손전등은 의식적인 현존이며, 밝고 환한 공간은 지금 이 순간입니다.

자신을 내맡기지 않으면 심리적인 형상, 즉 에고의 껍질이 단단해지며 당신이 느끼는 단절감도 강해집니다. 주변 세상과 특정한 사람들이 위협적으로 느껴집니다. 판단을 통해 다른 사람들을 파괴하려는 무의식적인 충동이 솟아오르고, 다른 이들과 경쟁하고 그들을 지배하려는 욕구도 생겨납니다. 심지어는 자연조차 적이 되고, 당신은 모든 것을 두려움을 통해 이해하고 해석합니다. 편집증으로 알려진 정신질환은 이런 평범하지만 장애가 있는 의식이 조금 더 심각한 상태에 있을 뿐입니다.

심리적 형상만이 아니라 물리적 형상인 몸도 저항을 하면 딱딱하게 경직됩니다. 몸의 이곳저곳이 긴장으로 굳고,

몸 전체가 위축됩니다. 건강에 꼭 필요한 생명 에너지의 자유로운 흐름이 급격히 떨어집니다.

운동과 물리적 치유법이 이런 흐름을 회복하는 데 도움이 될 수는 있지만, 그것은 일시적으로 증상을 완화시킬 뿐입니다. 일상생활에서 자신을 내맡기는 수행을 하지 않는다면, 진정한 원인인 저항감이 해소될 수 없습니다.

당신의 내면에는 삶의 상황을 구성하는 일시적 환경에 영향을 받지 않는 무엇인가가 있습니다. 자신을 내맡김으로써 당신은 그것에 다가갈 수 있습니다. 그것이 당신의 삶이며, 시간을 초월하여 영원한 현재의 영역 안에 있는 당신이라는 존재입니다.

삶의 상황이 불만스럽거나 견딜 수 없다면, 가장 먼저 자신을 맡기고 순응해야 합니다. 그렇지 않으면 그런 상황이 지속되며 무의식적인 저항도 멈출 수 없습니다.

자신을 내맡기는 것은 적극적으로 행동하고, 변화를 시도하고, 목표를 달성하려고 노력하는 행위와 얼마든지 병행할 수 있습니다. 그러나 내맡김의 상태에서는 완전히 다른 에너지, 다른 자질이 행위 안으로 흘러듭니다. 자신을 내맡기는 순간, 당신은 존재의 근원적 에너지와 연결됩니다. 그리고 당신의 행위가 존재 속으로 스며들면, 그것은 생명 에너지를 축하하는 행사가 되어 당신을 지금 이 순간 속으로 조금 더 깊이 데리고 갑니다.

저항을 하지 않으면, 의식이 높아지는 것은 물론이고 당신이 수행하고 만들어내는 모든 것이 상상할 수 없을 만큼 질적으로 향상됩니다. 그러면 모든 일이 저절로 이루어지며, 결과의 질에도 영향을 미칩니다. 이것을 '맡겨진 행동'이라고 부릅니다.

내맡김의 상태에서는 무슨 일을 해야 하는지 명확해지고, 한 번에 한 가지 일에만 집중하게 됩니다.
자연에서 배우세요. 세상의 만물이 어떻게 완성되어 가는지, 불만이나 불행을 느끼지 않으면서 어떻게 삶의 기적을 펼쳐나가는지 지켜보세요.

그래서 예수는 이렇게 말했습니다. "이 백합을 보거라. 어떻게 이 백합들이 자라는가를 보거라. 길쌈도 힘든 수고 도 하지 않느니라."

당신이 처한 상황이 유쾌하지 않거나 불만스럽다면, 이 순간을 분리해서 그것을 있는 그대로 내맡겨보세요. 마치 손전등이 안개를 가르는 것처럼 느껴질 겁니다. 그러면 당신의 의식 상태는 외부 조건에 의해 지배받지 않게 됩니다. 그리고 무의식적으로 반응하거나 저항하 지 않게 될 것입니다.

그러고 나서 세부적인 상황을 자세히 지켜보세요. 그리 고 스스로에게 물어보세요. '상황을 변화시키거나 개선 하려면 혹은 지금의 상황에서 벗어나기 위해 내가 할 수 있는 일은 무엇일까?' 만약 할 수 있는 일이 있다면, 적절한 행동을 실행에 옮기세요.

미래의 어느 순간에 해야 하거나 하게 될지도 모를 수 백 가지 일에 주의를 돌리지 마세요. 지금 이 순간 할 수 있는 단 한 가지에 집중하세요. 아무런 계획도 세우지 말라는 의미가 아닙니다. 어쩌면 계획을 세우는 것이 지금 이 순간에 할 수 있는 유일한 일일 수도 있습니다. 그러나 지속적으로 당신 자신을 미래에 투영하는 '마음의 영화'를 틀어놓지 마세요. 그러면 지금 이 순간을 잃어버리게 됩니다. 지금 당신이 어떤 행동을 한다고 해도 그것이 즉각적으로 결실로 돌아오지는 않습니다. 그러니 결실을 맺을 때까지 있는 그대로에 저항하지 마세요.

어떤 행동을 할 수 없고 그 상황에서 벗어날 수도 없다면, 그 상황을 기회로 삼아 자신을 더 깊이 내맡기고, 지금 이 순간으로 더 깊이 들어가고, 존재 안으로 더 깊이 들어가보세요.

현재의 순간이라는 영원한 차원으로 들어가면, 당신이 애써 노력하지 않아도 낯선 방식으로 변화가 일어납니다. 삶이 당신의 편에 서서 기꺼이 도움의 손길을 내밀 겁니다. 두려움, 죄의식, 타성과 같은 내적 요인들이 당신이 행동을 방해한다고 해도, 오래지 않아 그것들은 당신의 의식적인 현존의 빛 속에서 소멸해버릴 겁니다.

'이제 난 더 이상 신경쓰지 않을 거야' 혹은 '더 이상 상관하지 않겠어' 같은 태도를 내맡김과 혼동해서는 안 됩니다. 자세히 들여다보면, 이런 태도는 원망이 담긴 부정적 감정으로 얼룩져 있습니다. 내맡김이 아니라 그저 내맡김을 위장한 것일 뿐입니다.

자신을 내맡길 때에는 당신의 내면에 주목하며 혹시 저항의 흔적이 남아 있지는 않은지 살펴보세요. 주의 깊게 관심을 갖고 살펴야 합니다. 그렇지 않으면, 한 줌의 저항이 생각이나 확인되지 않은 감정의 형상으로 어두운 구석 어딘가에 계속 숨어 있을지도 모릅니다.

불행의 이유

우선 마음의 저항을 인정하는 것부터 시작하세요. 저

항감이 일어날 때, 거기에 있으세요. 마음이 어떻게 저항을 만들어내며, 상황과 당신 자신 그리고 다른 사람들에게 어떻게 꼬리표를 붙이고 구분하는지 지켜보세요. 마음이 저항할 때 당신의 생각이 어떻게 흘러가는지 관찰하면서 그 감정의 에너지를 느껴보세요.

저항감을 주시하면, 그것이 아무런 쓸모가 없다는 걸 알게 됩니다. 지금 이 순간에 모든 주의를 기울이면, 무의식적인 저항감은 의식이 됩니다. 그리고 저항은 완전히 사라집니다.

의식이 깨어 있는 상태에서는 불행할 수도, 부정적일 수도 없습니다. 부정적 감정이나 불행, 고통은 어떤 형상으로든 그 안에 저항감이 있다는 걸 의미하며, 저항감은 언제나 무의식적입니다.

당신은 불행을 선택했나요? 만약 그렇지 않다면, 당신은 어떻게 불행해졌을까요? 불행의 목적은 무엇일까요? 누가 불행을 살아 움직이게 하는 걸까요?

불행한 느낌을 의식하고 있다고 해도, 사실은 불행한

느낌과 자신을 동일시하고 강박적인 생각을 통해서 그 불행의 느낌을 살아 있게 유지하고 있습니다. 이 모든 것은 무의식적입니다. 만약 당신이 의식적이라면, 다시 말해 온전하게 지금 이 순간에 머물고 있다면, 모든 부정적 감정은 즉시 사라질 겁니다. 그것은 현존 안에서는 살아남을 수 없으며, 오로지 당신이 현존하지 않을 때에만 생명을 유지할 수 있습니다.

고통체조차도 현존 안에서는 오랫동안 살아남을 수 없습니다. 불행에게 시간을 주어 살아 있게 하는 것은 바로 당신입니다. 시간은 불행의 생명줄입니다. 현재의 순간을 분명하게 의식하면서 시간을 제거하면 불행은 소멸합니다. 그런데 당신은 불행이 소멸하기를 바라고 있나요? 진심으로 그렇게 되기를 원한 적이 있나요? 불행이 없다면 당신은 도대체 누구인 걸까요?

자신을 온전히 내맡기는 연습을 하기 전까지, 영적 차원이란 관련된 책을 읽고, 서로 이야기를 하고, 흥분하고, 책을 쓰고, 생각하고, 믿는 것입니다. 경우에 따라서는 그렇게 하지 않는 사람들도 있습니다. 그러나 둘 사이에는 아무런 차이가 없습니다.

자신을 온전히 내맡길 때 비로소 영적 차원은 당신의
삶 속에서 살아 있는 현실이 될 수 있습니다.
자신을 내맡길 때, 당신은 여전히 세상을 좌우하고 있
는 마음의 에너지보다 훨씬 더 높은 주파수의 에너지를
발산할 수 있습니다.
자신을 내맡김으로써 영적 에너지는 이 세상으로 들어
옵니다. 그것은 당신 자신은 물론이고 인류와 지구상의
어떤 생명체에게도 고통을 주지 않습니다.

스스로 삶을 책임진다는 것

오직 무의식의 상태에 있는 이들만이 다른 사람들을 이
용하거나 기만하려 합니다. 그러나 그런 이들만이 이용당
하고 기만당하는 것 또한 사실입니다. 당신이 다른 사람들

의 무의식적인 행동에 저항하고 그에 맞서 싸운다면, 당신 스스로 무의식적인 사람이 됩니다.

그렇지만 자신을 내맡긴다는 것이 무의식적인 사람들에게 이용당해도 좋다는 의미는 아닙니다. 결코 그런 것이 아닙니다. 내면에서 완벽한 무저항의 상태를 유지하면서도 '아니오'라고 분명하고 확실하게 거절의 의사를 표시하거나 곤란한 상황에서 빠져나올 수 있습니다.

어떤 사람이나 어떤 상황에 대해 '아니오'라고 말할 때에는 무의식적인 반응이 아닌, 그 순간 당신에게 무엇이 옳은지 그른지에 대한 명확한 통찰을 가지고 있어야 합니다.

순간적인 반응으로 '아니오'라고 말해서는 안 되며, 더 높은 차원에서, 어떤 부정적 감정에도 얽매이지 않은 채 '아니오'라고 말함으로써 더 이상의 고통을 만들어 내지 않아야 합니다.

당신을 온전히 내맡길 수 없다면, 즉시 행동하십시오. 의견을 솔직히 말하거나 상황을 변화시킬 수 있는 어떤 조치를 취하거나 그 상황에서 벗어나세요. 당신의 삶에 책임을 지십시오.

눈부시게 빛나는 아름다운 내면의 존재와 이 지구를 부정적 감정으로 오염시키지 마세요. 당신의 내면에 어떤 형태로든 불행이 들어설 자리를 내주어서는 안 됩니다.

어떤 행동도 할 수 없는 경우, 예를 들어 교도소에 있다면, 당신은 저항하거나 내맡기는 것 둘 중의 하나를 선택할 수밖에 없습니다. 이것은 외적 상황에 구속될 것인가, 내면의 자유를 얻을 것인가 혹은 고통을 겪을 것인가, 내면의 평화를 누릴 것인가의 문제입니다.

자신을 내맡기면 인간관계도 크게 바뀝니다. 있는 그대로를 받아들일 수 없다면, 결과적으로 당신은 어떤 사람도 존재 그대로 받아들일 수 없습니다. 당신은 다른 이들을 판단하려 하고, 비판하고, 꼬리표를 붙이고, 거부하고, 바꾸려고 할 겁니다.

더구나 계속해서 지금 이 순간을 미래의 어떤 목적을 위한 수단으로 만들어버리면, 당신이 만나거나 관계를 맺고 있는 사람들 또한 목적을 위한 수단으로 전락하게 됩니다. 그러면 인간관계는 당신에게 그저 부수적이고 중요하지 않은 것이 되어버립니다. 물질적 이득이나 권력, 육체적 쾌락 혹은 에고의 만족과 같이 인간관계를 통해 얻을 수 있는 것이 존재 자체보다 우선하게 됩니다.

내맡김이 인간관계에 어떻게 영향을 미치는지 살펴봅시다.

배우자나 가까운 누군가와 말싸움을 하거나 갈등을 겪고 있다면, 그런 상황에서 자신의 입장이 공격당할 때 당신이 얼마나 방어적으로 되는지, 상대방의 입장을 공격할 때 당신이 얼마나 공격적으로 되는지를 관찰해보세요.

당신의 관점과 의견에 얼마나 집착하는지 살펴보세요. 당신이 맞고 상대방이 틀렸다는 고집의 이면에 있는 정신적, 감정적 에너지를 느껴보세요. 그것이 바로 에고

의 마음이 뿜어내는 에너지입니다. 그것을 인정하고, 가능한 한 충분히 느끼면서 그것을 의식하세요,

그러면 어느 날 말다툼을 하는 도중에, 당신은 자신에게 선택권이 있음을 문득 깨닫게 될 겁니다. 어떤 반응도 하지 않고 그저 무슨 일이 벌어지는지를 지켜보겠다고 결심할지도 모릅니다. 이것이 바로 내맡김입니다.

반응하지 않는다는 것은 '나는 이 모든 유치한 무의식을 초월하고 있어'라는 표정을 지으며 말로만 '좋아, 네가 옳아'라고 하는 것이 아닙니다. 그런 태도는 또 다른 차원의 저항이며, 우월감에 차 있는 에고를 저항의 자리에 대신 앉혀놓은 것에 불과합니다. 당신의 내면에서 세력 다툼을 벌이고 있는 정신적이고 감정적인 에너지 장 전체를 떠나보내야 합니다.

에고는 교활합니다. 그래서 매우 조심해야 하며, 현재에 존재해야 하고, 마음의 입장과 동일시하는 것에서 정말로 벗어났는지, 마음으로부터 자유로워졌는지를 정직하게 보아야 합니다.

갑자기 아주 가볍고, 분명하고, 심오한 평화를 느낀다면, 그것은 당신이 진정한 내맡김의 상태에 있다는 분명한 신호입니다. 당신이 저항을 멈추고 더 이상 상대방의 정신적 상태를 자극하지 않을 때, 그들에게 무슨 일이 일어나는지 살펴보세요. 당신과 상대방 모두 마음의 입장과 자신을 동일시하지 않을 때, 진정한 대화를 시작할 수 있습니다.

저항하지 않는다는 건 아무것도 하지 않는다는 의미가 아닙니다. 어떤 '행위'에도 반응하지 않는다는 걸 말합니다. 동양 무술의 기본 철학인 '상대의 힘에 저항하지 마라. 이기려면 굴복해라'라는 가르침이 의미하는 심오한 지혜를 기억하세요.

강렬한 현존 상태에 머무를 때 '아무것도 하지 않아도' 상황과 사람을 변화시키고 치유할 수 있습니다. 그것은 보통의 의식 상태, 더 정확히 말해서 두려움, 관성, 망설임에서 비롯된 평범한 무의식 상태에서 아무것도 하지 않는 것과는 완전히 다릅니다. 진정으로 '아무것도 하지 않는다'는 건 내면에서 저항하지 않으면서도 온전하게 집중하고 있는 것을 의미합니다.

반면 어떤 행동을 취할 필요가 있다고 해도, 더 이상 마음이 가는 대로 반응하지 않고 의식적인 현존 상태에서 상황에 대응하게 됩니다. 이런 상태에서 당신의 마음은 모든 개념으로부터 자유롭습니다. 심지어 비폭력이라는 개념에서도 자유로워질 수 있습니다. 따라서 당신이 어떤 행동을 할지는 아무도 예측할 수 없습니다.

에고는 저항할 때 비로소 힘을 행사할 수 있다고 믿습니다. 그러나 사실 저항은 진정한 힘의 근원인 존재와 당신을 단절시킵니다. 저항은 나약함이고, 힘으로 가장한 두려움입니다. 에고는 순수함, 결백함, 힘 안에 있는 당신의 존재를 나약하다고 생각합니다. 에고가 강하다고 믿는 것은 나약함입니다. 그래서 에고는 끊임없이 저항하는 상태에 머물면서 사실은 당신의 진정한 힘과도 같은 '나약함'을 감추려 기만적인 역할을 하고 있습니다.

자신을 내맡기기 전까지는, 사람들 사이의 관계는 대부분 무의식의 상태에서 벌어지는 역할놀이에 불과합니다.

그러나 자신을 내맡기게 되면, 에고의 방어도 거짓된 가면도 더 이상 필요하지 않습니다. 당신은 매우 단순해지고, 진실해집니다. 그러면 에고는 '그건 위험해. 넌 상처받고 위험에 빠질 거야'라고 속삭입니다.

하지만 에고가 모르는 것이 있습니다. 저항하려는 마음을 버리고 유연한 상태가 될 때, 누구도 깨뜨릴 수 없는 당신의 진정한 본질을 발견할 수 있다는 사실입니다.

09

깨달음을 위한
두 번의 기회

질병을 깨달음으로 바꾸다

내맡김이란 어떤 조건도 없이 있는 그대로를 내면에서
받아들이는 것입니다. 우리는 삶의 조건이나 환경, 인생의
상황이 아니라, 지금 이 순간 당신의 인생에 대해서 이야
기하고 있습니다.

이 순간의 나

질병은 삶의 상황의 일부입니다. 따라서 그것은 과거와 미래를 갖고 있습니다. 당신이 현존함으로써 지금 이 순간의 회복력을 활성화하지 않는 한, 과거와 미래는 지속적으로 영향력을 행사하려 할 겁니다. 당신도 알고 있듯이, 삶의 상황은 시간 속에서만 존재합니다. 그리고 삶의 상황을 구성하는 다양한 조건의 밑바닥에는 더 깊고, 더 본질적인 무엇인가가 흐르고 있습니다. 그것은 다름 아닌 당신의 삶, 시간을 초월해 지금 이 순간에 머물고 있는 당신의 존재입니다.

지금 이 순간에는 아무 문제가 없으므로, 질병 또한 발생하지 않습니다. 누군가 당신의 상황에 갖다 붙인 꼬리표에 대한 믿음 때문에 질병이라는 조건이 생겨나고, 그것이 힘을 얻으며 일시적인 불균형 상태를 표면적으로 확고해 보이는 현실로 만들어버립니다. 그 결과 질병은 현실성과 견고함을 얻게 될 뿐 아니라 예전에는 갖지 못했던 영속성마저 얻게 됩니다.

이 순간에 집중하고 질병이라는 꼬리표를 붙여 분류하

지 않으면, 그것은 그저 육체적 통증, 허약함, 불편함 혹은 기능 장애와 같은 몇 가지 증상에 불과합니다. 이런 증상을 지금 이 순간에 그대로 내맡기세요. '질병'이라는 관념에 맡겨서는 안 됩니다.

고통을 통해 현재의 순간으로, 강렬한 의식의 현존 상태로 들어가세요. 고통을 이용해서 깨달음을 얻는 것입니다.

내맡김은 있는 그대로를 변화시키지 않습니다. 적어도 직접적으로 바꾸지는 않습니다. 내맡김은 당신을 변화시킵니다. 그리고 당신이 변하면 모든 세계가 바뀝니다. 왜냐하면 세계란 그저 그림자에 불과하기 때문입니다.

질병은 문제가 아닙니다. 에고의 마음에 지배받고 있는 당신이 문제입니다.

병이 나거나 장애를 얻게 되더라도, 낙담하거나 자책하지 마세요. 삶이 불공평하다고 불평해서도 안 되며, 무엇보다 자신을 비난해서는 안 됩니다. 이 모든 것은 저항입니다.

중병을 앓고 있다면, 그 병을 깨달음을 얻는 데 이용해보세요. 인생에서 일어나는 '나쁜' 일들을 깨달음을 얻기 위한 기회로 활용하는 겁니다.

질병으로부터 시간을 떼어놓으세요. 질병에게 과거도 미래도 부여해서는 안 됩니다. 질병을 이용해 강렬한 현존의 깨달음 속으로 들어가세요. 그리고 무슨 일이 일어나는지 바라보는 겁니다.

평범한 쇳덩어리를 황금으로 바꾸는 연금술사처럼, 고통을 의식으로, 재앙을 깨달음으로 바꾸어보세요.

중병을 앓고 있는 상황에서 이런 말을 들으면 화가 날 수도 있습니다. 그러나 그것은 질병이 이미 자의식의 일부가 되어 지금 당신의 정체성을 보호하고 있다는 분명한 증거입니다. 그것은 질병 자체를 보호하는 것과 같습니다.

'질병'이라고 분류된 조건은 당신이 진정 누구인가와는 아무런 관련이 없습니다.

재난이 닥치거나 심각할 정도로 일이 '잘못되어 가고' 있을 때, 질병 혹은 장애를 얻거나, 집이나 재산 혹은 사회적 지위를 잃었을 때, 가까운 사람들과 헤어졌을 때, 사랑하는 사람이 죽거나 고통을 겪고 있을 때, 혹은 자신의 죽음이 임박했을 때, 그 모든 상황에는 또 다른 측면이 있다는 것을 기억해두세요. 그런 순간에도 한 발자국만 다가서면, 연금술처럼 고통과 괴로움이라는 평범한 쇳덩어리를 황금으로 바꾸는 경이로운 어떤 것이 있음을 기억하세요. 그 한 발자국이 바로 내맡김입니다.

물론 그런 상황에서도 행복할 수 있다고 이야기하는 건 아닙니다. 그런 상황에 처한다면 행복할 수 없을 겁니다. 그러나 두려움과 고통은 드러나지 않는 아주 깊은 곳에서 솟아나는 내면의 평화와 고요함으로 변할 수 있습니다. 그것은 바로 '모든 이해를 초월한 신의 평화'입니다. 이에 비하면 행복은 그저 피상적인 것에 지나지 않습니다.

당신은 파괴될 수 없으며 불멸의 존재라는 깨달음이, 마음의 차원이 아닌 당신 존재의 깊은 내면으로부터 빛나는 평화와 함께 찾아옵니다. 이것은 믿음이 아닙니다. 외적

한 발자국만 다가서면,

연금술처럼 고통과 괴로움이라는 평범한 쇳덩어리를

황금으로 바꾸는 경이로운 어떤 것이 있음을 기억하세요.

그 한 발자국이 바로 내맡김입니다.

인 증명이나 어떤 부차적인 증거를 필요로 하지 않는 절대
적인 확신입니다.

내맡김의 기적

극한 상황에서 당신은 지금 이 순간을 받아들일 수 없
을지도 모릅니다. 그러나 언제나 자신을 내맡길 수 있는
두 번의 기회가 찾아옵니다.

첫 번째 기회는 매 순간 그 순간의 현실에 자신을 맡기
는 겁니다. 지금의 상태를 이전으로 되돌릴 수 없다는
것을 알게 되면, 이미 일어난 일이든 일어나지 않은 일
이든 지금의 상황 그대로를 인정하거나 받아들이게 됩
니다. 그러면 그 상황에서 당신이 해야 할 일을 하게 됩
니다.
이렇게 모든 것을 받아들이면 더 이상 부정적 감정이나

고통, 불행을 만들어내면서 괴로워하지 않아도 됩니다. 고군분투해야 하는 삶에서 벗어나 어떤 저항도 하지 않고 축복과 빛 속에서 살게 됩니다.

언제나 이런 기회를 잡을 수 있는 것은 아닙니다. 기회를 놓치는 이유는, 습관적이고 무의식적인 저항의 패턴이 발생하는 걸 막을 수 있을 만큼 충분히 현재에 깨어 있지 못하기 때문일 수도 있고, 당신이 받아들일 수 없을 만큼 극단적인 상황에 놓여 있기 때문일 수도 있습니다. 그 기회를 놓칠 때마다 당신은 어떤 형태로든 고통과 아픔을 겪게 됩니다. 당신은 상황이 고통을 만든다고 생각할지 모르지만, 사실은 그렇지 않습니다. 고통을 만들어내는 것은 당신의 저항입니다.

두 번째 내맡김의 기회는 '지금 여기'입니다. 외부에 있는 것을 받아들일 수 없다면, 내면에 있는 것을 받아들이세요. 외적 조건을 받아들일 수 없다면, 내적 조건을 받아들이세요.

이는 고통에 저항하지 말고 고통을 있는 그대로 인정하라는 의미입니다. 슬픔, 절망, 두려움, 외로움 등 어떤 형태의 고통이든 그것에 자신을 맡기세요. 고통이라는 이름표를 붙이지 말고 지켜보며, 그냥 껴안아보세요. 그러면 깊은 고통을 심오한 평화로 변화시키는 내맡김의 기적을 보게 될 것입니다. 이것이 당신이 짊어져야 하는 십자가입니다. 그 십자가를 통해 부활하고 승천하도록 하세요.

극심한 고통을 느낄 때, 내맡기라는 말은 어쩌면 부질없고 아무런 의미 없는 것처럼 들릴 수 있습니다. 고통이 너무 깊을 때, 그것에 자신을 맡기기보다는 도망치고 싶은 강렬한 충동을 느낄 수 있습니다. 당신이 느끼고 있는 것에서 벗어나고 싶을 겁니다. 당연한 일입니다. 그러나 탈출할 수 있는 방법은 없습니다.

일, 술, 마약, 분노, 심리적 투영, 억제와 같은 거짓 탈출구가 많을 겁니다. 그러나 이런 것들이 당신을 고통에서 벗어나게 할 수 없습니다. 고통을 의식하지 않는다고 고통의 강도가 줄어들지는 않습니다. 감정적 고통을 부정할 때, 인간관계뿐 아니라 당신이 행동하고 생각하는 모든 것들까지 고통에 전염됩니다. 말하자면, 당신이 발산하는 에너지가 다른 사람들에게 전달되고, 그들은 부지불식간에 그 에너지의 영향을 받는 것입니다.

그들이 무의식의 상태에 있다면 어떤 식으로든 당신을 공격하거나 상처를 주고 싶은 충동을 느낄 겁니다. 혹은 당신이 자신의 고통을 무의식적으로 투사하면서 그들에게 상처를 줄 수도 있습니다. 당신은 내면 상태에 부합하는 것을 끌어당기기도 하고 드러내 보이기도 합니다.

막다른 골목에 있는 것처럼 느껴질 때에도 언제나 뚫고 나갈 방법은 있습니다. 그러니 고통을 외면하지 말고 당당히 마주하세요. 고통을 충분히 느끼세요. 하지만 그것에 대해 생각하지는 마세요! 필요하다면 표현을 해도 됩니다. 그러나 마음속으로 각본을 만들지는 마세요. 고통의 원인처럼 보이는 사람이나 사건, 상황이 아니라 느낌 자체에 모든 주의를 기울이세요.

마음이 고통을 이용해서 당신을 희생자처럼 인식하게 해서는 안 됩니다. 자신의 처지를 한탄하고 다른 사람들에게 당신 얘기를 늘어놓으면, 당신은 계속 고통 속에 머물게 됩니다.

고통의 느낌에서 벗어나는 건 불가능하기 때문에 변화할 수 있는 유일한 가능성은 그 느낌 안으로 들어가는 겁니다. 그렇지 않으면 아무것도 변하지 않습니다.

느낌에 완전히 집중하되 마음이 그 느낌을 판단해서 이름표를 붙이게 해서는 안 됩니다. 느낌 속으로 들어갈 때에는 완전히 깨어 있어야 합니다.

처음에는 그곳이 어둡고 두려워 보일 수도 있습니다. 뒤돌아 나오고 싶을지도 모릅니다. 하지만 그냥 지켜보며 어떤 행동도 하지 마세요. 계속 고통에 주의를 기울이고, 슬픔, 두려움, 공포, 외로움 등 어떤 느낌이라도 계속 느껴보세요.

주의를 집중하고 현재에 머무르세요. 당신의 온전한 존재와 함께, 당신 몸 속의 세포 하나하나와 함께 현존해야 합니다. 그러면 이 어둠에 빛을 비출 수 있습니다.

그 빛은 다름 아닌 의식의 불꽃입니다.

이런 단계에서는 더 이상 내맡김에 신경을 쓸 필요가 없습니다. 당신은 이미 내맡김의 상태에 있기 때문입니다. 어떻게 그렇게 되었는지 궁금한가요? 완전히 집중하여 주의를 기울이는 건 온전히 받아들인다는 의미이고, 그것이 곧 내맡김입니다. 완전하게 주의를 집중할 때, 당신은 현존의 힘인 지금 이 순간의 힘을 사용하고 있습니다.

그 안에서는 한 줌의 저항도 살아남지 못합니다. 현존이 시간을 제거하기 때문입니다. 시간이 없으면, 고통도, 부정성도 살아남을 수 없습니다.

고통을 받아들이는 건 죽음으로 가는 여행입니다. 깊은 고통과 마주하고, 고통을 있는 그대로 받아들이고, 그것에 주의를 기울이는 것은 의식적으로 죽음으로 들어가는 것입니다. 이런 죽음을 경험하면, 더 이상 죽음은 없다는 걸 깨닫게 됩니다. 그러니 두려워할 것도 없습니다. 죽음을 맞는 것은 오직 에고뿐입니다.

한 줄기 태양빛이 스스로 태양과 분리될 수 없는 그 일부라는 사실을 잊은 채, 태양이 아닌 다른 것과 자신을 동일시하며 생존을 위해 태양과 싸워야 한다는 망상에 빠져있다고 상상해보세요. 이런 망상에서 벗어난다면 진정한 자유를 얻게 되지 않을까요?

편안한 죽음을 원하고 있나요? 어떤 고통도 고뇌도 없이 죽음을 맞고 싶은가요? 그러면 모든 순간 과거를 떠나보내세요. 시간의 굴레에 얽매인 거추장스러운 자신에, 스스로 '당신'이라고 생각했던 자아에 현존의 빛이 비추세요.

고통을 통한 깨달음

십자가의 길은 깨달음으로 가는 오래된 방법입니다. 사실 그것은 최근까지도 유일한 방법이었습니다. 따라서 그것을 아무런 가치가 없다고 일축하거나 그 영향력을 과소평가해서는 안 됩니다. 그 방법은 여전히 유효합니다.

십자가의 길은 내맡김과는 완전히 다른 방법입니다. 십자가의 길은 당신을 온전한 내맡김 속으로, '죽음' 속으로 내몰아서 당신이 무無가 되고, 신이 되도록 하는 것입니다. 이를 통해 인생 최악의 사건을 한 번도 경험하지 못했던 최고의 것으로 바꾼다는 의미입니다.

고통을 통한 깨달음이라고 할 수 있는 십자가의 길은 고통으로 발버둥치고 비명을 지르면서 억지로 천국에 들어가는 것입니다. 그 과정에서 당신은 결국 더 이상 고통을 견디지 못하고 자신을 내맡기게 됩니다. 그 순간까지 고통은 계속됩니다.

의식적으로 깨달음을 선택하는 건 과거와 미래에 대한 애착을 버리고 지금 이 순간을 삶의 구심점으로 만드는 일입니다.

시간에 머물기보다는 현존의 상태에 머무는 걸 선택하는 것입니다.

그리고 있는 그대로를 긍정한다는 걸 의미합니다. 그러면 당신은 더 이상 고통을 필요로 하지 않게 됩니다.

언제쯤 '난 고통도, 괴로움도 더 이상 만들지 않을 거야'라고 말할 수 있을까요? 얼마나 더 고통을 겪어야 이런 선택을 할 수 있을까요?

시간이 더 필요하다고 생각한다면, 더 많은 시간과 더 많은 고통이 따를 겁니다. 시간과 고통은 분리될 수 없습니다.

선택의 힘

선택을 한다는 건 당신이 높은 수준의 의식 상태에 있음을 의미합니다. 그런 의식 없이는 선택을 할 수 없습니다. 자신을 마음과 동일시하는 상태와 틀에 박힌 마음의 패턴에서 벗어나는 순간, 당신이 현존하는 순간, 다시 말해 선택은 시작됩니다.

이 지점에 도달할 때까지, 영적인 의미에서 당신은 무의식적입니다. 마음이 조종하는 방식대로 생각하고, 느끼고, 행동하게 됩니다.

일부러 혼돈, 갈등, 고통을 선택하는 사람은 없습니다. 누구도 광기를 선택하지 않습니다. 이 모든 것들은 당신이 과거를 소멸시킬 만큼 충분히 현재에 있지 않기 때문에, 어둠을 몰아낼 정도로 빛이 충분하지 않기 때문에 일어나는 일들입니다. 당신은 온전히 여기에 있지 않습니다. 당신은 아직 충분히 깨어 있지 않습니다. 그러는 동안 틀에 박힌 마음이 당신의 삶을 지배하고 있습니다.

비슷한 경우를 살펴봅시다. 부모님과 갈등을 겪고 있다면, 부모님이 당신에게 했던 일이나 해주지 않았던 일에 대해 원망하는 마음을 갖고 있다면, 그건 부모님에게 선택권이 있다고 생각하는 것과 같습니다. 부모님이 다른 선택을 할 수도 있었다고 믿고 있는 것입니다. 사람들은 자신의 인생을 스스로 선택한다고 생각하지만, 그것은 착각입니다. 틀에 박힌 패턴으로 마음이 당신 인생을 지배하고 있고, 당신이 마음과 동일화되어 있는 이상, 도대체 당신이 무슨 선택을 할 수 있겠습니까? 그런 상태에서는 당신에게 아무런 선택권이 없습니다. 심지어 당신은 거기에 존재하지도 않습니다. 마음과 자신을 동일시하는 상태는 혼란 그 자체이며, 광기에 빠져 있는 것과 마찬가지입니다.

거의 모든 사람들이 정도의 차이는 있겠지만, 이 병으로 고통받고 있습니다. 하지만 이 사실을 깨닫는 순간, 원망은 사라집니다. 누군가가 아픈 것에 대해 어떻게 원망을 할 수 있을까요? 그에 대한 적절한 태도는 원망이 아닌 자비의 마음입니다.

마음에 따라 움직인다면, 비록 당신이 선택한 것은 아닐지 모르지만, 무의식의 결과로 인해 당신은 여전히 고통을 겪을 것이고 더 많은 고통을 만들어낼 겁니다. 그러면 두려움과 갈등, 고통의 무거운 짐을 짊어져야 합니다. 그렇게 만들어진 고통이 쌓이다 보면 결국 당신은 무의식의 상태에서 벗어나지 않을 수 없게 됩니다.

당신은 자신을 진심으로 용서할 수 없습니다. 과거로

부터 자의식을 끌어내는 한, 자신도 다른 사람도 용서할 수 없습니다. 지금 이 순간의 힘, 즉 자신의 힘에 다가설 때만 진심으로 용서할 수 있습니다. 그러면 과거는 무기력해지고, 지금까지 했던 일이나 당신에게 일어났던 어떤 일도 당신의 빛나는 본질을 털끝 하나 건드릴 수 없다는 것을 깨닫게 됩니다.

있는 그대로의 것에 자신을 맡기고 온전히 현존할 때, 과거는 아무런 힘도 가질 수 없습니다. 과거가 더 이상 필요하지 않게 되는 것입니다. 열쇠는 현존하는 지금 이 순간에 있습니다.

저항은 마음에서 분리될 수 없습니다. 따라서 저항을 포기하면, 즉 자신을 내맡기면, 당신의 주인 노릇을 하며 가짜 신처럼 연기를 해온 마음의 역할도 끝나게 됩니다. 모든 판단과 모든 부정적 감정도 사라집니다. 그리고 마음에 가려져 있었던 존재의 영역이 열립니다.

갑자기 거대한 고요함, 더할 나위 없는 평화가 내면에 솟아오릅니다.

그 평화 안에 큰 기쁨이 있습니다.

그 기쁨 안에 사랑이 있습니다.

존재의 가장 깊은 중심에 헤아릴 수 없는 신성한 그 무엇, 뭐라고 이름을 붙일 수 없는 그것이 있습니다.

Eckhart Tolle

옮긴이

최린

학부에서 독문학을 전공했으나, 뜻하지 않은 계기로 프랑스에서 오랜 기간 유학 생활을 했다. 귀국 후 번역을 하며 출판사에 발을 들여놓게 되었고 기획과 편집, 번역을 하며 지금까지 출판에 관련된 일을 하고 있다. 인문과 심리, 마음을 치유하는 도서들, 지리에 관심이 많다. 번역서로는 《리얼 노르딕 리빙》《매일 조금씩 자신감 수업》《당신의 무기는 무엇인가》《지정학: 지금 세계에 무슨 일이 벌어지고 있는가?》가 있다.

에크하르트 톨레의
이 순간의 나

초판 1쇄 발행 2019년 12월 9일
초판 15쇄 발행 2023년 10월 23일

지은이 에크하르트 톨레
펴낸이 정덕식, 김재현
펴낸곳 (주)센시오

출판등록 2009년 10월 14일 제300-2009-126호
주소 서울특별시 마포구 성암로 189, 1711호
전화 02-734-0981
팩스 02-333-0081
전자우편 sensio@sensiobook.com

기획·편집 이미순, 김민정   **외부편집** 오순아
경영지원 임효순   **디자인** 섬세한 곰 www.bookdesign.xyz

ISBN 979-11-90356-15-2 03840

소중한 원고를 기다립니다. sensio@sensiobook.com